心霊探偵八雲 ANOTHER FILES いつわりの樹

神永 学

角川文庫 18050

Psychic detective YAKUMO

Manabu Kaminaga

ANOTHER FILES いつわりの樹

主な登場人物

斉藤八雲 ……………… 大学生。死者の魂を見ることができる。

小沢晴香 ……………… 八雲と同じ大学に通う学生。八雲を想っている。

後藤和利 ……………… 刑事。八雲とは昔からの馴染み。

石井雄太郎 …………… 後藤を慕う刑事。すぐ転ぶ。

その神社の境内には、一本の杉の木がある。
樹齢千年を超えるその木には、ある伝説があった。
昔、武家の男と恋に落ちた農家の娘がいた。
婚姻に反対された二人は、この木の前で契りを交わした。永遠の契りだ。
満月の夜、二人はこの木の前で待ち合わせ、駆け落ちをすることになっていた。だが、
男は来なかった——。
武家の男には、妻がいた。
ただの遊びだったのだ。
女は、それでも待った。三日三晩待ったあと、木の枝に縄をかけ、首を吊《つ》って死んだ。
ほどなくして、武家の男は、原因不明の病でこの世を去った——。

以来、この木の前で嘘をつくと、呪われるという噂がたつようになった。

人は、その杉の木を、いつわりの樹と呼んだ——。

第一章

三人の証言

FILE:01

1

石井雄太郎《いしいゆうたろう》は、月明かりの中、神社へと続く石段を登っていた。

この石段は、九十九段ある。神社にたどりついたときには、もう汗びっしょりになっていた。

石段のすぐ脇には、樹齢千年は超えようかという、杉の木が聳《そび》え立っていた。

風が吹き、杉の木がざわざわっと揺れた。

「嫌だな……」

石井は、呟《つぶや》くように言ってから、玉砂利の境内に足を踏み入れる。

夜も遅い時間だ。普段は人通りも少なく、静まり返っている場所だが、今は屋外照明に照らされ、祭りのような人だかりができていた。

「石井！」

叫ぶ声に反応して顔を上げると、朱塗りの社のところに立つ、後藤和利《ごとうかずとし》の姿が目に入った。

後藤は、刑事課・未解決事件特別捜査室に所属する刑事で、石井の上司でもある。

声も態度も人一倍大きく、かなりの激情家でもある。もたもたしていては、また叱られる。

「は、はい！」

石井は、勢いよく駆け出したが、すぐにつまずいて転んだ。

立ち上がり、後藤のもとに到着するやいなや「何やってんだ」と頭をひっぱたかれた。

「す、すみません……」

石井は、ズレたメガネの位置を直しながら頭を下げる。

「まったく……」

「殺し……ですか？」

石井は、おそるおそる後藤に訊《たず》ねた。

「ああ。遺体が発見されたのは、午後九時頃……偶然通りかかった近所の住人から通報があった。被害者は二十代後半から三十代の男。身許《みもと》は、まだ判明してない」

後藤が、早口に説明する。

「凶器は、何だったんですか？」

「近くに、血の付いた果物ナイフが落ちてた。おそらくそれだな」

「そうですか……」

「お前も遺体を確認しとけ」

後藤が、視線を向ける。その先には、ビニールシートをかけられた遺体が横たわっていた。

「いや、私は大丈夫です」

「あん？」

「いえ、その、遺体はちょっと……」

「おれたちは、殺人事件の捜査をしてんだ！　遺体を見なくてどうする！　このボケが！」

「す、すみません」

石井は、振り上げた後藤の拳《こぶし》から逃げるように、遺体に駆け寄った。

喉《のど》を鳴らして息を呑《の》む。

遺体は怖い。何が——と問われるとうまく説明できないが、とにかく怖い。

だが、刑事である以上、逃げ出すわけにもいかない。石井は、ゆっくりと首を伸ばして遺体を覗《のぞ》き見る。

腹と胸に血痕《けっこん》が付着していた。とくに、胸の部分の傷は、かなり深かった。おそらく、あれが致命傷だろう。

「酷い……」

石井は、思わず顔を背けた。

大きく深呼吸をして、気持ちを落ち着けてから、改めて遺体の顔を見た。

その瞬間、石井の脳裏に、ある記憶がフラッシュバックする。

十年前のあの日の記憶——。

「まさか……こんな……」

石井は、一気に血の気が引き、思わず後退りした。

「どうした？」

「ひっ」

後藤に声をかけられ、思わず飛び上がった。

説明したいのだが、思うように言葉が出て来ない。

「遺体くらいで、びびるな」

後藤が、ドンと石井の背中を叩《たた》く。

「ち、違います……わ、わ、私は……」

「何だよ。はっきりしろ」

「私、この人を知ってます」

ようやく、その言葉が出た。

「何だと？」

後藤の表情が、一気に険しくなった。

「名前は、望月利樹《もちづきとしき》。年齢は、私と同じ二十七歳です」

石井は額に浮かぶ、脂汗を拭《ぬぐ》いながら、早口に言った。

「お前か？」

「え？」

「お前がやったのか！」

後藤は石井の胸ぐらを摑《つか》み上げ、激しく揺さぶる。息が詰まる。

「ち、違います」

「何が違うんだ？　吐け！　吐いちまえ！」

一度感情が爆発した後藤は、歯止めが利かなくなる。

「ほ、本当に違うんです！　彼は、同級生なんです！　高校時代の！」

石井が必死の思いで叫ぶと、ようやく後藤が手を離した。

「本当か？」

「はい。まさか、こんなことになってるとは……」

石井は、改めて遺体に目を向ける。

望月利樹——石井にとっては、忘れたくても忘れることのできない男だ。今でも、あのときのことを思い返すと、腹の底に怒りがこみ上げてくる。

ぬらぬらとした、黒く歪《ゆが》んだ思い——。

「利樹さん！」

石井の思考を遮るように、女の声が響いた。

目を向けると、人混みをかき分け、必死の形相で走って来る女性の姿が見えた。年齢は二十代半ばくらいだろう。

瓜実顔《うりざねがお》で、切れ長の目に、黒くて艶《つや》のある長い髪をした和風美人だった。

「ま、まさか……」

石井は思わず声を上げた。

——いや、そんなはずはない。

石井は、頭に浮かんだ考えを、慌てて振り払った。

「利樹さん！　どうして！」

女性は、悲痛な叫び声を上げながら、遺体に駆け寄ろうとする。

「離れろ！」

後藤は、女性を羽交い締めにして、遺体から引き離す。

「利樹さん……なぜ、なぜ、こんなことに……」

彼女は、身体を震わせながら嗚咽《おえつ》し、へなへなとその場に座り込んでしまった。

「被害者の知り合いか？」

後藤が訊ねる。

泣き崩れた彼女は、返事もできない状態だった。

「質問に答えろ！」

後藤は、苛立《いらだ》ちを露《あら》わにして詰め寄る。

そんな聞き方をしては、話すものも話せなくなってしまう。石井は、後藤と女性の間に割って入った。

「あの、大丈夫ですか？」

石井は、語りかけるように訊ねた。

だが、彼女は依然としてしゃくり上げるばかりで、返事はなかった。

「あの、まずはお名前を教えて頂けますか？」

石井は、女性が落ち着くのを待ってから、改めて質問した。

「箕輪《みのわ》……優子《ゆうこ》です……」

彼女は、絞り出すように言った。

ようやく、答えてくれた。石井は、ほっと胸を撫《な》で下ろす。

「望月さんの知り合いですか？」

「はい……婚約者です……」

「そうでしたか……」

「ここに、何しに来た？」

後藤が、会話に割って入って来た。

その目には、はっきりと疑念が浮かんでいた。

「誰かが、連絡したんじゃないんですか？」

「身許が分かったのは、たった今だ」

「あ、そうか！」

石井は、後藤の疑念の理由を理解した。

現場が自宅や職場ならともかく、なぜ、連絡も受けていない優子が、神社に足を運んだのかは謎だ。

「答えろ。なぜ、この場所に来た？」

後藤が睨《にら》み付けるように優子を見る。

優子は、逃げるように長い睫《まつげ》を伏せた。この反応は、怪しいと言わざるを得ない。

「もしかして、望月さんがここで死んでいると、知っていたんですか？」

石井の質問に、一旦《いったん》は口を開きかけた優子だったが、結局、何も口にすることはなかった。

沈黙が流れた。

「質問に答えろ」

業を煮やした後藤が、強い口調で言う。

「一緒にいたんです……」

優子は、後藤の迫力に圧されたのか、ポツリと口にした。

「どういうことだ？」

後藤が問う。

「今日、利樹さんと一緒に、ここに来たんです」

「何時頃ですか？」

石井は、メモをとりながら訊《たず》ねる。

「たぶん、七時頃だと思います」

「それで？」

「いろいろ、話をしていました」

「なんで、わざわざ神社まで来たんだ？」

後藤が、煙草に火を点《つ》けながら訊ねる。

石井もそのことは疑問に思った。学生のカップルじゃあるまいし、わざわざ高台の神社でデートというのも不自然だ。

「この樹には、伝説があるんです。嘘を吐いたら呪われるって……」

「ああ。あれか……」

石井も、その話は聞いたことがある。ありふれた、都市伝説のようなものだ。

「ええ。それで、ちょっと意地悪をしたんです。この樹の前で、愛を誓って欲しいって……それが、あんなことになるなんて……」

優子の目から、再び涙がこぼれだした。

「大丈夫ですか？」

石井が声をかけると、大きく頷《うなず》いてから、優子は再び語り出した。

「そこに、いきなり男が現れたんです。彼はナイフを出して……」

優子が喋《しゃべ》ることができたのは、そこまでだった。

胸をかきむしるようにして、声を上げて泣き始めた。

後藤は、同情したように、ポンポンと彼女の肩を叩いた。だが、石井の心の中には、いい知れない違和感が渦巻いていていた。

──何かがおかしい。

その答えは、すぐに見つかった。

「優子さん。事件があったのは、七時頃でしたよね」

優子は、大きく頷いた。

「犯行時刻から、すでに三時間が経過しています。あなたは、今まで何をしていたんですか？」

石井の質問に、優子の表情が凍りついた。さっきまで溢《あふ》れていた涙が、一気に引いていく。

優子の話が真実なら、彼女は婚約者が刺されたあと、それを放置して一度現場を離れ、三時間経って戻ったということになる。

後藤が優子の腕を摑《つか》んだ。

「どういうことか、説明してもらおうじゃねぇか」

優子は、怯《おび》えたように視線を漂わせていたが、不意に何かに気付いたらしく「あ！」と声を上げた。

石井は、優子の視線に釣られてヤジ馬の群れに目を向ける。

「あの男です！」

優子が声を上げる。

「へ？」

「利樹さんを襲ったのは、あの男です！」

優子は、一人の男を指差した。

その先には、黒いダウンジャケットを着て、ニット帽をかぶった四十代くらいの男が立っていた。

こちらの視線に気付いた男は、「クソッ！」と吐き捨てるように言うと、踵《きびす》を返して走り出した。

「待て！」

石井が声を上げたときには、もう後藤が走り出していた。

瞬く間に男に追いつき、後ろからタックルをしてその場に組み伏せた。さすがの早業だ。

「この人に間違いないです。この人が、利樹さんを刺したんです」

優子が、倒れた男に駆け寄り、必死に訴えた。

「お前──裏切る気か？」

組み伏せられた男は、優子を睨みながらそう言った。

2

小沢晴香《おざわはるか》は、大学のB棟の裏手にあるプレハブの建物を目指していた。

斉藤八雲《さいとうやくも》に会うためだ。

八雲との出会いは、晴香の友人が幽霊にとり憑《つ》かれ、心霊現象に詳しいと噂の彼に相談に行ったのがきっかけだった。

あのとき、八雲は友人を助けただけでなく、殺人事件を解決にまで導いた。

それ以来、いろいろな事件を経験してきた。

最近は、事件がなくても、八雲のところに出入りするようになっていた。

やがて、二階建てのプレハブが見えて来た。大学が、サークルの拠点として貸し出しているものだ。

晴香は〈映画研究同好会〉と書かれたドアの前に立つ。

だが〈映画研究同好会〉は存在しない。八雲が大学側に適当に書類申請をし、この部屋を私物化して、文字通り住んでいる。

「やあ」

晴香は、ドアを開けて部屋を覗《のぞ》いた。

いつもなら、正面にある椅子にふんぞり返って座っている八雲の姿がなかった。どうやら不在のようだ。

カギもかけないとは、不用心もいいところだ。

「肝心なときにいないんだから。どこで、何やってんだか……」

「教室で、授業を受けていたに決まってるだろ」

独り言のつもりだったのに、返答があった。驚いて振り返ると、そこに八雲が立っていた。

いつものように寝ぼけ眼で、寝グセだらけの髪を、ガリガリとかいて大あくび。

「びっくりさせないでよ」

晴香は、八雲に抗議する。

「後ろめたいことがあるから、驚くんだ」

八雲は、ため息混じりに言うと、いつもの椅子に座った。

「どうせ、私が悪いですよ」

「分かってるじゃないか」

八雲は、気怠《けだる》そうに言うと、左眼をこすった。

普段は黒い色のコンタクトレンズで隠しているが、八雲の左眼は生まれつき赤い。

そして、その左眼は死者の魂——つまり幽霊を見ることができる。晴香の友人が巻きこまれた事件のときも、八雲のその左眼があったからこそ、解決に導くことができた。

だが、八雲は自分の赤い左眼を嫌っている。

今まで、周囲の人に気味悪がられ、辛《つら》い想いをたくさんしてきた。それだけでなく、幼い頃に母親に殺されかけたこともあったらしい。

故に八雲は、周囲の人との間に壁を作り、本心を見せようとしない。

最初は、晴香も冷たい人だと思ったが、今ではその印象は大きく変わった。こう見えて八雲は、誰よりも繊細で、そして優しい。

「暇潰《ひまつぶ》しなら、さっさと帰ってくれ。ぼくは、忙しいんだ」

八雲は、いつもの調子で言うと、部屋の隅にある冷蔵庫を開け、中からプリンを取り出して食べ始めた。

「あっ！」

晴香は、思わず声を上げる。

「うるさいな」

「それ、私が買っておいたプリン！」

「そうか」

「そうか――じゃないわよ。何で、勝手に食べるの？」

「何が悪い？」

「私のでしょ」

「違うね。この冷蔵庫は、ぼくのものだ。君がプリンをこの冷蔵庫に入れた瞬間に、所有権はぼくに移ったんだ。よって、ぼくのものだ」

騙《だま》されているような気もするが、言い合ったところで、口が達者な八雲に勝てるはずもない。

「それで、何の用だ？」

プリンをペロリと食べ終えた八雲が、話を切り出した。

――そうだった。

「忘れるところだった」

晴香は、八雲の向かいの椅子に座った。

「思い出さなくていい」

八雲がすかさず言う。

「何それ」

「どうせ、トラブルだろ」

「私＝トラブルだと思わないで」

「じゃあ何だ？」

勢い余って反論したものの、図星だった。

八雲は、そんなことは、全てお見通しといった感じで「ほらな」と手を振ってみせる。

悔しくて文句を言い返してやりたいところだが、それでヘソを曲げられては、元も子もない。

「話だけでも聞いて」

晴香は懇願する。

「断る」

即答だった。本当にこの人は——腹立たしくはあるが、ここは我慢。

「聞いてくれてもいいでしょ」

「嫌だね」

「それと、これとは関係ない。だいたい、君はどうしてそうトラブルばかり拾って来るんだ？　そんなものは、ゴミ箱にでも捨てておけ」

「プリン食べたし」

「だって、困ってるのに、放っておけないし」

「お人好《ひとよ》しというよりバカだな」

――バカって。

酷い言われようだ。だが、頼んでいるのはこちらなので、強気にも出られない。

「ね、お願い」

手を合わせ、上目遣いにお願いのポーズ。

だが、八雲は露骨に嫌そうな顔をする。

「気持ち悪い」

――おいおい。

「女性に対して、失礼だと思わない？」

「思ってたら言わない」

「もういい。頼まないから」

晴香は、カバンを持って立ちあがった。

こっちが下手に出ていれば、言いたい放題。もう知らない。

「この前の借りもある。話だけ聞いてやるよ」

部屋を出て行こうとしたところで、八雲が言った。

「本当？」

晴香は、急いで座り直す。

「聞くだけだぞ」

「うん」

「で、何があった？」

「実は、私の友だちの麻衣《まい》のことなんだけど、引っ越しをしてから、奇妙な声が聞こえるって悩んでるの」

「奇妙な声？」

八雲が、興味なさそうに頬杖《ほおづえ》をつく。

「うん。耳許《みみもと》で、『殺してやる』って囁《ささや》くんだって……」

晴香は、最初にその話を聞いたとき、背筋がゾッとした。「殺す」という言葉は、悪意以外のなにものでもない。

さすがの八雲も、その言葉に反応したらしく顔をしかめた。

「情報は、それだけ？」

「私も、そんなに詳しくは聞いていないの」

「こんな曖昧《あいまい》な情報だけじゃ、調査もクソもない」

八雲は、大きく伸びをした。

晴香も八雲との付き合いは一年以上になる。こういう反応をすることは予測済みだ。

「そう言うと思って、呼んであるんだ」

「誰を？」

「麻衣」

「君は、どうしてそう勝手なことを……」

八雲の言葉を遮るように、ドアをノックする音がした。振り返ると、そこには麻衣が立っていた。

3

後藤は、取調室の椅子にふんぞり返って煙草に火を点《つ》けた。

後藤の所属する未解決事件特別捜査室は、刑事課の管轄にあり、名称は立派だが、その実態は捜査の残務処理と応援要員に過ぎない。

後藤と石井二人だけの寂しい部署だ。

今回の事件を担当することになったのも、近隣で起きた誘拐事件の捜査で刑事課は手一杯で動けなかったからに他ならない。

「面倒なことになりやがった……」

「え？」

隣に座った石井が、すっとぼけた声を上げる。

「何でもねぇよ」

後藤は、自分の言葉を打ち消した。

容疑者のめども立っているし、楽な事件だと上は思っているが、後藤は楽観できなかった。この事件は、想像以上に厄介なものになるだろうと踏んでいた。

被害者は、望月利樹、二十七歳——。

都内の法律事務所で働く弁護士だ。近く、独立して事務所を開くための準備を進めていたらしい。

現場に居合わせたのは、婚約者の箕輪優子、二十五歳。総合病院に勤務する看護師だったが、数日前に退職している。

彼女の証言と行動には、不可解な点がある。

現場で望月が刺されたあと、なぜか一度家に戻っているのだ。その理由について問い質《ただ》すと「分からない」の一点張りになる。

そして、後藤が現場で取り押さえた容疑者の男、松田俊一《まつだしゅんいち》——。

「失礼します」

後藤の思考を遮るように、制服警官が松田を連れて取調室に入って来た。

制服警官は、後藤の指示に従い、松田を奥の椅子に座らせた後、ドアに近い記録係用のデスクに座った。

後藤は、改めて松田の顔をじっと見る。

年齢は四十歳。町工場に工員として勤務している。無精髭《ぶしょうひげ》を生やし、少しやつれてはいるが、いかにも真面目そうな男だった。心証で言えば、人を刺すような奴には見えない。

「なあ松田。お前、何で望月を刺したんだ？」

後藤は、灰皿で煙草の火を消してから訊《たず》ねた。

「金……」

松田は、俯《うつむ》いたまま答えた。

「金が欲しくて襲ったのか？」

「そうだ」

松田の口調は、極めて事務的だった。

何もなければ、後藤も松田の言葉を信じたかもしれない。だが、昨晩のことがある。

「お前、昨夜《ゆうべ》は違うことを言ったじゃないか」

後藤が取り押さえたとき、松田は必死の形相で目撃者である優子に言った。「お前、裏切る気か？」と——。

その言葉を、額面通りに受け取れば、松田と優子は共犯ということになる。

「何の話だ？」

顔を上げた松田は、目を吊《つ》り上げ、敵意を剝《む》き出しにしていた。

「目撃者の女に言っただろ。『お前、裏切る気か？』って。あれは、どういう意味だ？」

「そんなこと、言った覚えはない」

「言いました」

松田の言葉を否定したのは、石井だった。

「あの女のせいにすれば、罪が軽くなると思った。それだけのことだ」

しばらくの沈黙のあと、松田は天井に目を向けながら言った。

「嘘をつくな」

後藤は、凄《すご》みを利かせて松田を睨《にら》む。

だが、松田は動じなかった。

「嘘じゃねぇ。おれは、金欲しさに……」

「だったら、何で財布を奪わなかった？」

後藤は、松田の言葉を遮った。

望月のスーツのポケットには、財布が残ったままだった。現金もクレジットカードも盗まれていない。

「それは……あの女が騒ぐから、慌てて逃げたんだ」

松田は鼻息を荒くしながら言うと、身体ごと顔を横に向けた。

そんな答えで、納得できるはずがない。後藤は、立ち上がり、松田の正面に移動する。

「本当に、お前一人でやったのか？」

「だから、そうだって言ってるだろ。おれが、あいつを刺して殺したんだ」

松田は額に汗を浮かべ、早口にまくしたてる。

「刺した場所は、どこですか？」

口を挟んだのは石井だった。

「どこだろうと、関係ねぇだろ」

松田が石井を睨む。

「いえ、関係あります。これは、とても重要なことです」

「たぶん、腹だ……」

「それは本当ですか？」

石井が身を乗り出すようにして訊ねる。

「何が言いたい？」

松田は、こちらの意図が分からないらしく、怪訝《けげん》な表情を浮かべる。

「確かに、望月は腹を刺されていた。だが、傷はそれだけじゃなかったんだよ」

「だったら、二回刺したんだろ」

「いい加減なことを言うな！」

後藤が怒鳴りつける。

松田は、何かを堪《こら》えるように表情を歪《ゆが》めた。

「本当のことを話して下さい」

石井が、身を乗り出し、語りかけるように言った。

と、次の瞬間、松田はデスクを踏み越え、鬼の形相で石井に飛びかかった。

二人は、もつれ合うようにして床に倒れ込む。

松田は石井の上に馬乗りになり、その胸ぐらを摑《つか》み上げる。

「おれがやったんだよ！　この手で、おれが刺したんだ！」

「放せ、このバカ！」

後藤は、松田を羽交い締めにして、石井から引き剝《は》がす。

それでも、松田は身体をくねらせて暴れる。

「大人しくしろ！」

後藤は、松田を壁に向って投げ飛ばした。

背中を壁に打ち付けた松田は、痛みに表情を歪め、ようやく大人しくなった。

「クソッ！　何なんだ！」

後藤は、やり場のない怒りを吐き出した。

4

「こんにちは」

麻衣がペコリと頭を下げる。

晴香と同じ大学生だが、かなりの童顔で、一見すると高校生に見える。

「麻衣」

声をかけて立ちあがった晴香に対して、向かいに座る八雲は、小さくため息を吐いた。

「あの……」

麻衣が困惑した表情を浮かべる。

「麻衣。座って」

晴香は、隣にある椅子に座るように促す。だが、麻衣は八雲を気にして座ろうとしない。

この歓迎のされ方では、仕方ない。

「気にしないで、いつもこうなの」

晴香は、麻衣の手を引き、強引に座らせる。何はともあれ、話を聞いてもらわないことには始まらない。

「八雲君。話を聞いてくれるって言ったじゃない」

八雲は返事をすることなく、腕組みをして目を細めると、品定めをするように麻衣に視線を送った。

麻衣は、射すくめられたように身体を固くする。

「君は、いつ、どういう状況で、その声を聞くようになった？」

八雲が、硬い口調で訊ねる。

晴香も麻衣に視線を向けた。麻衣から聞かされたのは、「殺してやる」という声が聞こえるようになった――ということだけで、詳しい事情は知らない。

「昨日の夜からです……耳許《みみもと》で、『殺してやる』って声が聞こえて……」

麻衣の声は微かに震えていた。

そのときの恐怖を思い出したのだろう。

「それで？」

八雲が先を促す。

「ずっと、誰かに見られているような気がして……」

そこまで言って、麻衣はうっと声を詰まらせた。目に涙が浮かんでいる。

「大丈夫。大丈夫だから」

晴香は、麻衣の肩に手をかけた。

麻衣は「うん」と大きく頷《うなず》いてから話を続ける。

「私、三ヶ月前に今のアパートに引っ越したんです。いわゆる訳あり物件らしいんですけど、そういうの信じてなかったから、家賃も安いしって思って。でも……」

その先は、言葉にならなかった。

麻衣は膝《ひざ》の上に置いた拳《こぶし》をぎゅっと握り、俯いてしまった。

「ねえ、どう思う？」

晴香が訊《たず》ねると、八雲は汚いものでも見るように表情を歪めた。

「どうもこうもない。嘘つきの相手をしてるほど、ぼくは暇じゃない」

八雲は、そう言って大きなあくびをした。

これだけ怖がっているのに、嘘つき呼ばわりとは酷い。

文句を言おうとした晴香だったが、それより先に麻衣が立ちあがった。

「私、嘘なんてついてません」

興奮した様子で麻衣が言う。

だが、それを見ても八雲は表情一つ変えなかった。

「いいや、ついてるね」

「本当に聞こえたんです！」

麻衣は、首を振りながら必死の形相で叫んだ。

「八雲君。麻衣は、嘘をつくような人じゃないよ」

晴香は堪《たま》らず口を挟んだ。

八雲は呆《あき》れたように、首を左右に振る。

「そうじゃない。君が、その訳あり物件に引っ越したのは、三ヶ月前なんだろ。で、声が聞こえるようになったのは昨日から。不自然じゃないか」

確かに八雲の言う通りだ。話の筋が通らないような気がする。

「それは……」

麻衣がくちごもる。

「それと、幽霊はアパートに出るんじゃない。君自身に憑《つ》いている」

八雲は左手の人差し指を、真っ直ぐに麻衣に向けた。

──麻衣に憑いてる？

「どういうこと？」

晴香は、驚きとともに口にした。

「言葉のままだ。彼女には、今、霊がとり憑いている」

八雲は、表情一つ変えずに言った。

晴香も麻衣を見つめた。

その目に映るのは、麻衣の姿だけだ。だが、八雲は違う。

八雲の赤い左眼には、死者の魂──つまり幽霊が見えているのだ。

麻衣は、半ば呆然《ぼうぜん》とその場に立ち尽くしていた。

「君は、昨日、幽霊にとり憑かれるような何かをした。あるいは見たはずだ。違うか？」

八雲の問いかけに、麻衣は答えなかった。

正確には、口をパクパクと動かしはしたものの、言葉が出て来ないといった感じだ。

「麻衣。何があったの？」

晴香は、麻衣の手を握った。

その手は、ぶるぶると小刻みに震えていた。怖いのだろう。晴香は、肌を通してそれを感じた。

「どうする？　話す気がないなら、今すぐ帰ってくれ」

八雲がドアを指差した。

「八雲君、待ってよ」

晴香は食ってかかる。

状況説明の段階で嘘があったかもしれないが、麻衣が何かに怯《おび》えているのは事実だ。

「隠し事をされた状態で、どうやって解決するんだ?」

「それは、そうだけど……」

八雲の言っていることは正論だ。故に反論する言葉が見つからない。

「……します」

しばらくの沈黙のあと、麻衣が顔を上げた。

何かを覚悟したような表情だった。

「話します。だから、助けて下さい」

麻衣の訴えに、八雲はうなずいた。

それを見て、晴香はほっとした。一時はどうなることかと思ったが、素直に話してくれるなら、解決の糸口も見つかるだろう。

「それで、本当は何があったんだ?」

八雲が促す。

麻衣は席に着き、深呼吸をしてから話し始める。

「昨日の夜、あの神社に行ったんです」

「神社？」

晴香は首をひねる。

「大学の北側の丘にある……」

「ああ」

麻衣の説明で、晴香もどこだか理解できた。

大学の北側。名前は知らないが、長い石段の先の小高い丘にある神社で、境内に大きな杉の木がある。

直接行ったことはないが、石段の下を通りかかったことは何度もある。

「いつわりの樹があるところだな」

八雲が言うと、麻衣が頷いた。

「何それ？」

——いつわりの樹。

いかにも妖《あや》しげな名前だ。

「あの神社の境内にある杉の木の名だ。いつわりの樹の前で嘘をつくと呪われる——そういう噂があるんだ」

八雲が説明を加える。

「それって、本当なの？」

「君は、救いようのないバカだな」

「バカだから、バカだと言ったんだ。きょうび、小学生でもそんな噂、信じない」

「どうせ、私はバカですよ」

晴香は頬を膨らませ、怒ってみせたが、それで態度を変えるほど八雲は甘くない。

「とにかく、そういう噂から、デートスポットになっているんだ」

八雲が、大きく伸びをしながら言った。

「なんで？　恋人と行くなら、もっとロマンチックな場所があるのに……」

「見解の相違だ。いつわりの樹の前では、嘘をつくと呪われるんだ。相手の気持ちを確かめる。あるいは、将来の誓いを立てるのに、これほど適した場所はないだろ」

――なるほど。

晴香は、合点がいったものの、怖いという感想を抱いた。呪いをかけようとしているみたいなものだ。

「それで、君は一人で神社に行ったわけじゃないだろ」

八雲が、目を細めて麻衣を見た。

「人と会う約束をしていました……」

麻衣の目が、虚空を彷徨《さまよ》う。

「誰と？」

「高校のときから、付き合っている彼です」

「何よそれ」

麻衣は、今にも泣き出しそうな顔をして、唇を噛《か》んだ。

「それで？」

八雲が興味なさそうに頬杖《ほおづえ》をつきながらも先を促す。

「付き合い始めたときに、その人と、あの木の前で約束したんです。大学を卒業したら、結婚しようって。だけど……」

「他に好きな人ができた」

麻衣の言えなかった言葉を、八雲が代弁した。

「ちゃんと、謝らなきゃって思って、あの場所に呼び出したんです」

「だが、その人は現れなかった」

八雲の言葉に、麻衣が大きく頷《うなず》いた。

会話の流れと表情だけで、その先を読んでしまう。八雲の洞察力には、いつも驚かされる。

麻衣の目から、ぽろっと涙がこぼれた。

悲しくて、苦しくて、どうしようもなかったのだろう。自分を責めて、誰にも言わずに一人で抱えていたのだ。

「大丈夫」

晴香は、麻衣の肩に触れた。

微かに震えるその肩には、後悔という錘《おもり》が乗っているようだった。

「それで、どうなった？」

八雲は、無表情に腕組みをする。

「待ち合わせの時間は三時だったんです。二時間待ったけど、彼は来なくて、一度は家に帰りました。電話をしたけどつながらなくて、もしかしたら、時間を間違えていて、神社にいるかもって思って……」

「もう一度神社に足を運んだというわけだ」

八雲の言葉に、麻衣が頷いた。

きっと、麻衣の彼は、呼び出された段階で、何を言われるか分かっていたのだろう。だから、神社にも行かず、電話に出ることもなかった。

そして麻衣は、罪悪感や後ろめたさから、神社に行った本当の理由を自分たちに隠そうとした。

麻衣は、目を真っ赤にしながら、その先を話し始める。

「石段を登っているとき、声が聞こえたんです」

「声？」

「はい」

「男？　それとも女？」

八雲の質問に、麻衣は「分かりません」と小さく首を振った。

「その声は、何と言っていたんだ？」

「殺してやる——って」

そのときの声が蘇《よみがえ》ったのか、麻衣は腰を折って両手で耳を塞《ふさ》いだ。

「それで、どうした？」

八雲は無表情に先を促す。

「私、怖くなって階段を引き返しました。でも、家に帰ったあとも、ずっと耳許《みみもと》であの声が聞こえるんです。殺してやる——って」

「なるほど」

八雲が、言いながらゆっくり立ち上がった。

「これって、いつわりの樹の呪いなんでしょうか……私が約束を破ったから……」

麻衣が、すがるような目で八雲を見る。

八雲は呆《あき》れたようにため息をつき、寝グセだらけの髪をガリガリとかいた。

「今は、余計なことを考えるな」

それだけ言うと、八雲はドアを開けて部屋を出て行こうとする。

「どこ行くの？」

まだ、何も解決していない。晴香は、慌てて声をかけた。

「取り敢《あ》えず、その神社に行って来る」

「私も行く」

「彼女を放っておいていいのか？」

八雲が、うなだれている麻衣に目を向けた。

その通りだ。こんなにも怯《おび》えている麻衣を、このまま放ってはおけない。

「すぐに戻る」

八雲は、そう言い残すと部屋を出て行った。

5

取調室を出た後藤は、未解決事件特別捜査室の部屋に戻った。

椅子に座って煙草に火を点《つ》ける。

不味《まず》い。舌に痺《しび》れるような感覚があった。

容疑者である松田は、こちらの反応に合わせて自供内容を二転、三転させている。聞いていて、何が何だか分からなくなる。

唯一確かなことは、松田が何かを隠しているということだ。

——何を隠してる？

「いや、驚きました……」

石井が、汗を拭《ふ》きながら後藤の前の席に座った。

髪が乱れ、ネクタイが緩み、メガネのフレームが曲がっている。

さっき、石井は取調室で、逆上した松田に飛びかかられた。胸ぐらを掴《つか》み上げられ、もみくちゃにされ、今のようなありさまだ。

後藤が止めに入ったから良かったようなものの、石井一人だったら、目も当てられない惨状になっていただろう。

「ああいうときは、力尽くでねじ伏せるんだよ」

「そう言われましても、私には……」

石井は、緊張感の無い返事をして、困ったように眉《まゆ》を下げた。

コンビを組んで、それなりに時間が経つが、一向に成長が見られない。いつまで経ってもひ弱なイメージがついて回る。

常に誰かの顔色をうかがい、遠慮しながら行動しているように見える。

「そんな弱腰じゃ、犯人に舐《な》められるぞ」

「分かっています。私も、このままじゃいけない。そう思うんですけど……」

石井は、ハハハッと乾いた声をもらした。

「ヘラヘラすんな」

後藤は、石井の頭を引っぱたいた。

——情けない。

後藤は心の中で呟《つぶや》く。

署内でも、石井のヘタレっぷりは有名だ。これまでの失態を数えたらきりがない。刑事に向いていないとも思う。

はっきりそう言って、突き放すことも考えたが、石井を見ていると放っておけなくなる。何とかしてやりたいと思う。

――お前ならできる。

そう言って励ます方が、石井は成長するのかもしれないが、後藤は元来そういったことが苦手だ。素直に感情を表現できない。不器用なのだ。

結果として、叱咤《しった》になってしまう。

だが、それでも石井はめげずについてくる。それが、後藤には不思議でならなかった。

「まったく……」

ぼやいたところで、ドアが開き、鑑識官の松谷《まったに》が入って来た。

後藤とは同期だが、馬面で陰湿な雰囲気をもつ男で、事件のとき以外、ほとんど言葉を交わしたことはない。

後藤は、この男を苦手としていた。

「指紋鑑定の結果が出た」

松谷が資料を差し出す。

「おう」

後藤は資料を受け取り、それに目を通し始める。

読み進めるうちに、後藤の表情は凍りついた。そこには、驚きの事実が書かれていた。

「何です？」

石井が、興味津々で資料を覗《のぞ》き込んでくる。

「おい。こりゃ、どういうことだ？」

後藤が問い質《ただ》すと、松谷はいかにも嫌そうな顔をして鼻を鳴らした。

「こっちは、事実を記しただけだ。なぜかを調べるのは、お前らの仕事だろ」

松谷は、それだけ言い残して、さっさと部屋を出て行ってしまった。

言っていることは正しいのだが、もう少し言い方というものがある。後藤は、怒りを鎮め、改めて資料に目を向ける。

ナイフの柄から検出された指紋は一種類。それは、被害者の婚約者で、事件を目撃していた箕輪優子のものと、九十九パーセントの確率で一致する――。

「ご、後藤刑事！　これは！」

今さらのように、石井が騒ぎ始める。

「うるせぇ！　分かってるよ！」

後藤は、石井の頭を引っぱたいた。

目撃者の箕輪優子は、松田が犯人だと証言し、松田自身もそれを認めている。だが、それぞれの証言内容には、辻褄《つじつま》の合わないところが幾つもある。

その上、ナイフの柄からは、優子の指紋が検出された。

「箕輪優子が犯人なのか？」

後藤は、頭を抱えた。

「そうとも限りません」

石井が、得意げに笑ってみせる。

「どういうことだ？」

「ナイフが発見されたのは、社の近くの茂みです」

「それがどうした？」

「つまり、事件後、優子さんが刺さっているナイフを引き抜いて、家に持ち帰ろうとして茂みに落とした」

目を輝かせながら言う石井の推理は、それっぽく聞こえる。だが――。

「なぜ、そんなことをした？」

後藤の質問に、石井がキョトンとした顔をする。

――やっぱりな。

これが石井が石井たる所以《ゆえん》だ。視点は悪くないが、詰めが甘いのだ。

「そうですよね……おかしいですよね……」

石井が、ガックリと肩を落とす。

まあ、ここであれこれ議論をしていても始まらない。デスクの前でじっとしているのは性に合わない。

「行くぞ！」

後藤は、気持ちを切り替えて立ち上がった。

「え？　行くってどちらに？」

「犯行現場に決まってんだろ」

「でも、昨日……」

「ごちゃごちゃうるせぇ！　現場百遍だ！」

デスクに座って考えていても、何も解決しない。事件の真相が見えるまで、何度でも現場に足を運ぶ。それが刑事というものだ。

6

石井は、聳《そび》え立つ杉の木を見上げた。

こうやって改めて目を向けると、何だか因縁めいたものを感じる。

不意に十年前のあの日の記憶が過《よぎ》る。

――違う。

石井は、慌ててそれに蓋《ふた》をする。

思い出さなくていい過去だ。今回の事件とは関係ない。このままずっと、心の底に沈めておく必要があるもの――。

石井は、黒い感情に呑《の》み込まれそうになるのを、必死に堪えた。

「石井！」

後藤に呼ばれ、石井は弾《はじ》かれたように社に駆け寄った。

転んだ――。

「何やってんだ！」

「す、すみません」

慌てて立ち上がり、社の脇に跪《ひざまず》いている後藤の許《もと》に駆け寄った。

後藤は昨晩、望月の遺体が発見された場所を睨《にら》み付けるように見ていた。その表情は、いつになく険しい。

考えることより、動くことを信条にしている後藤だったが、さすがに今回の事件は、突き進むべき方向が分からず、動きようがないといったところだ。

「お前、被害者の望月とは同級生だったんだろ」

後藤が顔を上げながら言った。

望月利樹――その名を聞いただけで、腹の底からドス黒い感情が湧き上がってくるのを感じた。

「あ、はい……」

「どんな奴だった？」

「どんな……とは？」

「だから、望月ってのは、どんな奴だったかって訊《き》いてるんだよ」

「それは……」

石井は固く拳《こぶし》を握った。動悸《どうき》がした。

「早く話せ！」

後藤の拳骨《げんこつ》が飛んできた。

石井は、痛みに表情を歪《ゆが》めた。本当は、話したくない。話せば嫌なことを思い出す。だが、黙ってやり過ごすこともできない。

「望月利樹さんは、サッカー部のキャプテンでした。成績も良かったです」

石井は、言葉を選びながら言った。

高校のときの望月の顔が浮かぶ。

浅黒く、はっきりとした顔立ちで、彼の目は、いつも自信に満ちあふれていた。そして
――。

「文武両道ってか」

後藤が皮肉混じりに言う。

「そうですね」

「性格はどうだったんだ？」

「性格……ですか？」

「交友関係とか、クラスでの立場とか、あるだろ」

「社交的な人でしたから、友達は多かったと思います。クラスでは、リーダー格だったように思います」

望月の周りには、男女問わず、いつも多くの人が群がり、常に話題の中心にいた。

「誰からも好かれる人気者ってわけだ」

「違います！」

「あん？」

「断じて違います！　あんな奴！」

石井は、叫ぶように否定した。

考えて喋《しゃべ》っているというより、口が勝手に動いてしまっている。

「何をムキになってんだ？」

後藤に言われてはっと我に返る。

石井は、自分の指先が震えているのを自覚した。

あの日の光景が、フラッシュバックする。

神社、杉の木、石段、女、封筒……石井は、頭を振って次々と浮かんで来る記憶を消し去った。

「お前、望月に恨みでもあんのか？」

後藤に訊《たず》ねられ、石井はきつく下唇を噛《か》み、後藤から視線を逸らした。

「いえ、そういうわけでは……」

――あの日のことは、今回の事件とは関係ない。

自分自身に言い聞かせることで、どうにか冷静さを取り戻すことができた。

「妙な奴だな」

後藤が呆《あき》れたように言いながら、煙草に火を点《つ》ける。

「刑事のクセにマナーの悪い人ですね」

声に反応して視線を向けると、寝グセだらけの髪をガリガリとかきながら歩いて来る男の姿が見えた。

——斉藤八雲だ。

今は、黒い色のコンタクトレンズで隠しているが、彼の左眼は燃えさかる炎のように赤い。それだけでなく、死者の魂を見ることができるという特異な体質をもっている。

今まで、何度も彼のその体質と、明晰《めいせき》な頭脳を使って事件を解決に導いてきた経緯がある。

「何だ、八雲か」

後藤が、素っ気なく言う。

「デートですか？」

八雲が石井と後藤を交互に見てから言う。

「バカにしてんのか？」

よせばいいのに、後藤がつっかかる。

「正解」

「この野郎！」

「声のデカイ熊ですね」

「うるせぇ！」

「まあ、落ち着いて下さい」

石井は、二人の間に割って入った。

この二人は、顔を合わせればこうやって口喧嘩《くちげんか》をする。仲がいいのか悪いのか、石井にはさっぱり分からない。

「それで、お前はこんなとこで何やってんだ？」

一息吐いたところで、後藤が口にした。

「もう少し、大人になったら教えてあげます」

「何だと！」

「石井さん。昨晩、ここで事件があったんですか？」

激昂《げきこう》する後藤を無視して、八雲は石井に話を振る。

「あ、はい。殺人事件です」

「なるほど。被害者は？」

「望月利樹という弁護士の男性です」

「こいつの高校の同級生だったらしい」

後藤が、顎《あご》をしゃくって石井を指す。

「それは大変ですね」

八雲は、自分で訊いておきながら、興味無さそうに大きなあくびをした。

その顔を見た石井は、あることを思いついた。

「あの、その事件についてご相談したいことがあるんです」

「相談？」

石井の言葉に、八雲が眉《まゆ》を顰《ひそ》めた。

今まで、数々の事件を解決に導いてきた八雲なら、解決の糸口を見つけてくれるかもしれない。

石井は、大きく頷《うなず》いてから話を始める。

「実は、昨日起きた殺人事件で、容疑者が逮捕されたんです」

「事件解決じゃないですか。良かったですね」

八雲は、面倒臭そうに髪をかく。

「それが……容疑者と、被害者の婚約者である目撃者の間で、証言が大きく食い違っているんです」

「どう違うんですか？」

「容疑者は、自らの犯行を認めています。目撃者も間違いないと証言しています」

「合ってるじゃないですか」

「問題はその先なんです……」

石井は、今までに分かった状況を、仔細《しさい》に八雲に説明した。

容疑者の松田は、犯行を認めているが、腹を刺したと証言。だが、実際は腹と胸の二カ所に刺し傷があったこと。

現場にいた、被害者である望月の婚約者、優子が約三時間にわたって現場を離れたこと。

取り押さえられたとき、松田が優子に「裏切る気か？」と口走ったこと。

さらには、凶器のナイフから、優子の指紋が検出されたこと――。

「なるほど。確かにおかしいですね」

石井が話し終えると、八雲がポツリと言った。

「まったく、面倒な事件だよ」

後藤が、ため息混じりにぼやく。

その意見には、石井も同感だった。ここまで錯綜《さくそう》していると、何を信じればいいのか分からなくなる。

「まあ、がんばって下さい」

八雲は、大きなあくびをしたあと、石段に向かって歩き出した。

「どこに行くんだ？」

後藤が、慌てて八雲を呼び止める。

「帰るに決まってるでしょ」

「決まっちゃいねーだろ。少しくらい手伝えよ」

「なぜです？」

「そりゃ、あれだよ……」

「ぼくは、通りすがりの大学生です。事件を捜査するのは、警察の仕事でしょ」

「何だと!」

沸点の低い後藤は、怒りを露《あら》わにして八雲の胸ぐらを掴《つか》み上げる。

だが、当の八雲は、怯《おび》えた様子もなく、大あくび。

「ちょっと、落ち着いて下さい」

石井は、慌てて後藤を止めに入った。毎回、同じようなやり取りをしていて、疲れないのかと思ってしまう。

後藤を引き離したところで、石井は改めて八雲と向かい合った。

「あの、たとえば被害者から証言をとることはできないんでしょうか?」

石井が問いかけると、八雲は嫌そうにため息をつく。

「お前はバカか! 被害者は死んでるんだぞ!」

突っ込みを入れたのは、後藤だった。

「だからこそです」

石井は、後藤に視線で合図を送る。

八雲は死者の魂を見ることができるという特異な体質をもっている。それを活《い》かせば、被害者である望月から証言をとることも可能なはずだ。

石井の考えを察したらしい後藤が「あ!」と声を上げた。

「なあ八雲。頼むよ」

後藤が、再び八雲に歩み寄る。

八雲は汚いものでも見るように、露骨に表情を歪《ゆが》めた。

「嫌です」

「てめぇ！　その態度は何だ！」

「後藤さんこそ、それが他人《ひと》にものを頼む態度ですか？」

「何？」

「他人にものを頼むときは、何て言うんでしたっけ？」

後藤が表情を引き攣《つ》らせた。

「お、お……します……」

しばらくしぶっていた後藤だったが、やがて諦《あきら》めて頭を下げた。だが、その言葉にいつもの勢いはなく、酷く弱々しい。

「聞こえません」

八雲が耳に手を当てて挑発する。

「お願いします！」

後藤は、半ば自棄《やけ》になりながら頭を下げる。

「よくできました」

八雲が、小バカにしたように拍手をした。

「このガキ。いつか殺してやる」

後藤のぼやきを無視して、八雲は石井に視線を向ける。

「残念ですが、ご希望に添うことはできません」

「へ？」

これだけ引っ張っておいて、こうもあっさり断られるとは思わなかった。

「てめぇ！　どういうことだ！」

後藤は怒りを再燃させ、八雲に詰め寄る。

「お忘れですか。ぼくは、見えるだけなんです」

「知ってるよ。だから……」

「被害者の魂を、ここに連れて来たら、話を聞いてもいいですよ」

「そうか……」

その一言で、石井は自らの発言の浅はかさに気付いた。だが、後藤はまだ納得していないらしく、なおも食い下がる。

「呼べばいいだろ」

「どうやって？」

「呼べないのか？」

「当たり前でしょ。ぼくは、イタコじゃありませんから」

「まあ、そりゃそうだ……」

後藤の勢いは失速してしまった。

「じゃあ、そういうことで」

八雲は肩をすくめて言うと、踵《きびす》を返して歩き出した。

石井は、後藤と並んでその背中を見送るしかなかった。

石段を下りようとしたところで、八雲がピタリと足を止めた。

さっきまでとは明らかに違う、異様な空気が八雲の身体を包み込んでいた。

「ここで死んだ男は、おでこに黒子《ほくろ》のある男ですか?」

八雲が背中を向けたまま言った。

「はい」

石井が返事をするのと同時に、八雲が振り返った。

「今、ここにいます」

「え?」

石井は思わず声を上げ、目を凝らしてみたが、何も見えない。

しかし、八雲は違う。彼の目には、石井とは違う何かが見えているはずだ。

それを思うと、自然と胸が昂《たか》ぶった。

7

「大丈夫だから」

晴香は、笑顔で麻衣に語りかけた。

八雲が部屋を出て行ってから、しばらくして、麻衣はいくらか落ち着きを取り戻したが、まだ顔色は悪かった。

「ゴメンね。変なことに巻き込んじゃって……」

麻衣が、か細い声で言った。

「気にしないで」

晴香は首を振った。

麻衣は、自分が体験した心霊現象が、いつわりの樹の前で交わした約束を反故《ほご》にしたことによる呪いだと信じ込んでいるようだ。

そして、聞こえてきた「殺してやる」という声に敏感に反応し、自らが呪い殺されるかもしれないと思っている。

以前の晴香だったら、同じように怖いと怯えていたかもしれない。

だが、八雲と出会ってから、幽霊に対する考え方は大きく変わっていた。

「死者の魂は、人間の想いの塊のようなものなんだって」

それが、八雲の考えだった。

彼の言葉を借りれば、生きていようと、死んでいようと、人は人なのだ。

「想いの塊……」

麻衣が顔を上げた。

「うん。だから、物理的な影響力は無い。誰かを呪ったりすることもできない」

これも八雲の受け売りだ。

だが、今まで八雲とたくさんの事件を経験して、晴香自身が実感として得ていることでもある。

「でも……」

麻衣が不安そうに眉《まゆ》を下げた。

彼女は、実際に「殺してやる」という声を聞いている。その恐怖から、すぐに受け容《い》れられないのは仕方ない。

素人考えではあるが、晴香はいつわりの樹の伝承と、麻衣の聞いた声は、別のものだと考えていた。

「呪いはね、自分自身の中にある罪悪感が生み出すものなんだって」

これまた八雲の受け売りだが、ある少年の事件のときに、晴香もそのことを実感している。

「だから、大丈夫。自分を責めないで」

晴香は安心させようと、麻衣に微笑んだ。麻衣は、それに応《こた》えるように頷《うなず》いてみせた。

が——次の瞬間、麻衣の身体がビクッと跳ねる。

——どうしたの?

疑問に思っている間に、麻衣は白目を剝《む》いて椅子から滑り落ちた。

「麻衣! しっかりして!」

晴香は、横向きに倒れた麻衣の肩を大きく揺さぶる。

呼吸はあった。

だが、意識は朦朧《もうろう》といった感じで、浅い呼吸を繰り返し、苦しそうに唸《うな》っていた。額には脂汗がにじんでいる。

——救急車。

晴香が、立ち上がろうとしたところで、手首を摑《つか》まれた。

麻衣だった。

痛みを感じるほどの強い力で、手首を握っている。

「……して……やる……」

低く唸る獣のような声だった。

「え?」

ゆっくりと、麻衣が顔を上げた。

その目は大きく見開かれ、血走っていた。頰の筋肉は引きつり、ギリギリと歯軋《はぎし》りをしている。
——本当に麻衣？
晴香は我が目を疑った。
「こ……ろ……して……やる……」
ギョロッと眼球が動き、晴香を見据える。
背筋がゾクリとした。
——殺される。
本能的にそう感じた晴香は、麻衣の手を振り切り飛び退いた。
だが、すぐに壁に突き当たり、退路を断たれてしまった。
「殺す……」
麻衣が、緩慢な動きで、ゆらりと立ち上がった。
再び視線がぶつかる。
——逃げなきゃ。
そう思ったが、恐怖から身体が硬直して動かなかった。
「麻衣、どうしたの？　しっかりしてよ！」
必死に呼びかける晴香だったが、麻衣にはまるで聞こえていないようだった。
ブルッと身体を大きく震わせると、両手を突き出し晴香に襲いかかってきた。
逃げる間もなかった。

麻衣が両手で晴香の首を摑み、絞め上げる。

振り払おうとしたが、もの凄《すご》い力で、びくともしなかった。

「お願い……麻衣……しっかりして……」

必死に訴えたが、それが声になっていたかどうかは定かではない。

麻衣の目を見て、彼女が本気で殺すつもりなのだと悟った。

——お願い。八雲君。助けて。

息ができなかった。

意識が、だんだん遠のいていく。

——もうダメ。

そう思った瞬間、麻衣の手が晴香から離れた。

ゴホゴホと何度も咳《せ》き込み、晴香は崩れるようにその場に座り込んだ。

深呼吸をしながら視線を向けると、麻衣が呆然《ぼうぜん》と立ち尽くしていた。

「麻衣……」

「私の中に……誰かいる……」

さっきまでのうなりとは違い、弱々しく、今にも消え入りそうな声だった。

「何があったの？」

「……私じゃない……あなたは誰……お願い……助けて……」

麻衣の目から、涙がこぼれ落ちた。

それと同時に、麻衣は意識を失ったらしく、再び白目を剝いて倒れ込んで来た。

「麻衣」

晴香は、その身体をしっかりと抱きとめた。

息はあるようだった。

晴香は、ゆっくりと麻衣を寝かせる。

――いったい、何が起きてるの？

疑問が頭の中を駆け巡る。

さっき、麻衣が譫言《うわごと》のように言っていたのは「殺してやる」という言葉だった。もしかしたら、麻衣が体験したという心霊現象と関係があるのかもしれない。

晴香は、バッグの中から携帯電話を取り出し、登録してある八雲の番号を押した。

鳴り響くコール音が、焦燥感を煽《あお》った。

――八雲君、早く出て。

8

「おい、八雲。そりゃ、本当か？」

後藤は、思わず驚きの声を上げた。

神社の石段の前で立ち止まった八雲は、今目の前に、殺害された望月利樹がいると明言したのだ。

後藤には、何も見えないが、赤い左眼を持つ八雲は違う。

「八雲。答えろ」

「静かに！」

勢い込む後藤を、八雲が一喝した。

冷たい光を宿したその目に圧され、後藤は口を閉じた。

隣にいる石井が、ゴクリと喉《のど》を鳴らした。

八雲は、ゆっくりと歩き出し、社の前でピタリと足を止めた。

後藤の位置からでは、八雲の表情を窺《うかが》い知ることはできない。ぶつぶつと何かを言っているようだが、その内容を聞き取れない。

「何を話してるんだ？」

石井に視線を向けてみたが、困ったように首を振っただけだった。

後藤は額の汗をぬぐい、息を殺してじっと待った。

どれくらいいたったのだろう——八雲が、大きく息を吐き出してから、ゆっくりと振り返った。

その表情は、ひどく憔悴《しょうすい》しているようだった。

「何か分かったのか？」

後藤が訊《たず》ねると、八雲は苦い顔をした。

「彼は、恋人に刺されたと証言しています」

八雲が放った一言が、その場の空気を凍りつかせた。

──恋人に刺された。

つまりそれは、箕輪優子が犯人だということを示唆している。

「本当なのか？」

もし真実なら、事件は大きく動くことになる。

「彼は、そう言っていました」

「よし、そうと決まれば、箕輪優子を逮捕するぞ！」

これで動ける──後藤は、意気揚々と歩き出した。石井も、それに付き従う。

「後藤さんは、救いようのないバカですね」

八雲が冷淡に言った。

「何？」

「大バカ者だと言ったんです」

「てめえ、もういっぺん言ってみろ！」

後藤は八雲に詰め寄る。

「何度でも言いますよ。後藤さんは、バカです」

「このガキ！」

後藤は、八雲の胸ぐらをつかみあげた。

だが、八雲は怯《おび》えるどころか、呆《あき》れたようにため息を吐いた。

「今の状態で、逮捕できるわけないでしょ」

「何でだよ。被害者の証言があんだろ！」

「だから、バカだと言ってるんです」

「そっか！」

石井は何かを察したらしく、ポンと手を打った。

だが、後藤には分からない。

「警察は、いつから幽霊の証言を証拠として採用するようになったんですか？」

「あっ」

八雲が冷ややかに言った言葉で、後藤はようやく自らの早合点に気づいた。

後藤個人は、八雲といくつもの事件にかかわった経験から、幽霊の存在を信じているが、警察組織は違う。

死んだ男からの証言を理由に、逮捕状など取れるはずもない。とはいえ、貴重な証言を見過ごすわけにはいかない。

「証拠なんて、あとでいくらでも見つけてやる。まずは、箕輪優子の逮捕だ」

「そういうところが、バカなんです」

「何だと？」

「よく考えて下さい。幽霊だって人間なんです」

「それくらい、分かってる」

「いいえ。後藤さんは、何も分かっていない」

「何が言いたい？」

「死んだ人間が、真実を語るとは限らない──」

八雲の放った言葉は、大きな衝撃となって後藤の脳を揺さぶった。

「嘘をついている……ってことか？」

「そういう可能性もあります」

「だが……証言したのは……」

──被害者だ。

そう主張しようと思ったが、途中で言葉を呑《の》んだ。

被害者だからといって、真実を言っているとは限らない。今まで、数多くの事件にかかわり、嫌というほど痛感してきた。

隠したいことがあるのは、何も犯人だけではない。

全てを疑ってかからなければ、事件を解決することはできない。

「ところで石井さん」

八雲が、ふいに石井に目を向けた。

「え、あ、はい」

突然のことに驚いた石井は、しどろもどろだった。

「メガネザルって何ですか？」

「は？」

唐突な質問に、後藤は首をひねった。

「し、知りません……」

石井は、答えるのと同時に視線を逸らした。

――何かを隠している。

問い質《ただ》そうとしたところで、八雲の携帯電話に着信があった。

「もしもし……」

最初、のんびりとした調子で電話に出た八雲だったが、その表情は、みるみる険しくなっていった。

「どうしたんだ？」

後藤は、八雲が電話を終えるのを待って訊ねる。

八雲は後藤を一瞥《いちべつ》しただけで、質問に答えることなく、石段を駆け下りて行った。

「勝手な野郎だ……」

舌打ち混じりに言った後藤は、チラリと石井に目を向けた。

遠くを見るような目をして、口をあんぐりと開けている。心ここにあらずといった感じだ。

「石井」

「は、はい」

石井が、ビクンと肩を震わせてから後藤に顔を向けた。

「さっき、八雲が言っていた、メガネザルってのは何だ？」

「わ、分かりません」

その一言を返すのに、たっぷり十秒はかかった。

誰の目から見ても嘘だと分かる。

「本当のことを言え」

「ほ、本当です」

石井は、早口に言うと、逃げるように神社をあとにした。

「まったく、どいつもこいつも……」

後藤は、舌打ち混じりに言うと、石井のあとを追って歩き出した。

が、すぐに足を止めた。誰かに見られている——そんな気がしたからだ。ゆっくりと振り返ってみる。

そこに人の姿はなく、大きな杉の木が聳《そび》え立っているだけだった。

9

——どうして、こんなことになったんだろう？

病院の待合室に並ぶベンチに座った晴香は、長いため息を吐いた。

首筋に手を当てると、絞められたときの感触が鮮明に蘇《よみがえ》ってきた。

──殺してやる。

低く唸《うな》る獣のような声。そして憎しみに満ちた目──思い出しただけで悪寒がした。

外見は麻衣に違いないのだが、その中身は全く別の、誰、か、だった。

「大丈夫だったか？」

声に反応して顔を上げると、寝グセだらけの髪をガリガリとかいている八雲の姿があった。

普段はぶっきらぼうなのだが、今はその声がいつもより優しく感じられた。

「八雲君」

声に出すのと同時に、一気に安堵《あんど》が広がった。

まだ何も終わっていないのだが、八雲ならこの混沌《こんとん》とした状況をどうにかしてくれる気がした。

「彼女は？」

八雲が、晴香の隣に腰掛けながら言った。

「今は病室で眠ってる。お医者さんは、過労だろうって……」

八雲に電話を入れたあと、晴香はすぐに救急車を呼んだ。

麻衣を診察した医師は、身体に特に異状はなく、過労で二、三日入院すれば回復するだろうと言った。

あれが、過労などであるはずがない。とはいえ、幽霊が原因などと言ったところで、信じてもらえるはずもない。

「それで、何があった？」

八雲が切り出した。

晴香は、うなずいてから説明を始める。

「八雲君が出て行ったあと、普通に話していたんだけど、急に麻衣の様子がおかしくなったの」

「具体的に」

「急に倒れたの。その後突然、私の首を絞めてきて……」

「首を？」

八雲の顔が険しくなった。

「うん」

そういえば、電話では首を絞められたことまでは、説明していなかった。

八雲が、顔を近づけ晴香の首筋を凝視する。

そんな風に見られると、妙に緊張して、顔が熱くなる。

「ケガはないようだな」

「うん」

八雲が心配してくれたのが、少し嬉《うれ》しかった。

「それで」

八雲が先を促す。

「麻衣は、殺してやるって……まるで別人みたいだった……」

「みたいじゃない。たぶん、別人だったんだ」

「別人って、どういうこと？」

八雲は、戸惑う晴香を余所《よそ》に、ゆっくりと立ち上がった。

「まあ、ここであれこれ議論していても始まらない。彼女のところに、案内してくれ」

「うん」

晴香は、返事をして立ち上がると、八雲を麻衣の病室に案内するために歩き始めた。

「ところで、君と彼女とは、どういう友人関係なんだ？」

廊下を歩きながら、八雲が訊《たず》ねてきた。

「同じサークルなの。前に、八雲君が聴きにきたコンサートにも出てたんだよ」

「親しいのか？」

「友だちって、親しい人のことでしょ」

「程度があるだろ」

「普通だよ。何で、そんなこと聞くの？」

「首を絞められたんだろ」

「怖い思いをしているのに、まだ彼女を助けようとしている。電話のときも、『助けて』じゃなくて『麻衣が大変だ』と言ったんだ」

「そうだっけ？」

気が動転していて、何を言ったのかよく覚えていなかったが、言われてみれば、そうだったような気がする。

「だから、君は麻衣という女性に、特別な恩義があるのかと思ったんだ」

八雲の言葉が、晴香の胸に哀しく響いた。

死者の魂が見える赤い左眼のせいで、八雲はたくさん辛《つら》い思いをしてきた。

日常的に死者の魂が見えるだけで、相当な負担になっていたはずだ。その上、他者からは赤い左眼を気味悪がられ、母親にも殺されかけた。

そんな経験からだろう、八雲は人を信用せず、人間関係は損得によってのみ成立すると考える節がある。

だが、人と人との関係は、そればかりではない。

「恩義とかじゃないよ。ただ、友だちだから心配してる。それだけだよ」

晴香が笑顔で答えると、八雲は少しだけ表情を緩めた。

「君らしいな」

「そう？」

「うん」

「君は、生まれながらのトラブルメーカーだ」

「うるさい」

――本当にいつも一言多い。

晴香は、八雲の脇腹を突っついた。

八雲が驚いた表情で飛び退いた。晴香だけが知る、彼の、唯一とも言える弱点だ。

文句を言いたそうに口を動かしかけた八雲だったが、結局何も言わなかった。

やがて、晴香は病室の前に辿《たど》り着いた。

「ここ」

晴香が言うと、八雲はうなずいてから病室のドアに手をかけた。

トクトクと晴香の心臓が音をたてる。

麻衣を助けたいという気持ちに嘘はない。だが、怖いと思う気持ちもまた真実だ。

「行くぞ」

八雲は、小さく言ってから病室のドアを開けた。

10

「来客です」

署に戻った後藤は、受付に立っている女性警官に声をかけられた。

「来客？」

「誰でしょう？」

後藤は、隣にいる石井と顔を見合わせた。

警察官という仕事柄、来客はほとんどない。

後藤は戸惑いながらも、客を通してあるという応接室に足を運んだ。ドアをノックして中に入ると、中年の女性が座っているのが見えた。

彼女は、後藤の姿を認めるなり、慌てた様子で立ち上がり、深々とお辞儀をした。

「松田の妻です」

女は、掠《かす》れた声で言った。

——松田の妻？

「松田は独身じゃねぇのか？」

後藤は、隣の石井に小声で訊ねた。

調書では、独身ということになっていたはずだ。

住んでいるのも、風呂《ふろ》トイレ共同の、単身者用の四畳半のアパートで、家族で生活できるようなスペースはない。

「松田さんは、事件の一週間前に離婚しているんです」

石井が、女にチラリと目を向けながら答えた。

「だったら、元妻だろ」

「そうですよね……」

「あの……」

松田の妻を名乗る女が、声をかけて来た。

「おっしゃる通りです。言い方がよくありませんでしたね。私は松田の元妻で、弥生《やよい》と申します」

「そうか……とにかく座ってくれ」

後藤は、椅子に腰掛けながら、弥生にも座るように促した。

「混乱させてしまってスミマセン。離婚が、あまりに急だったので、まだ気持ちの整理がついていなくて……」

弥生の言葉は、言い訳じみて聞こえた。

「事前の話し合いはなかったのか？」

「はい。実は、私も離婚したことは知らなかったんです」

「どういうことだ？」

妻が離婚を知らないとは、あまりに不自然だ。

「ある日、夫から、離婚の手続きを済ませたと一方的に言われました」

「そんなこと、できるのか？」

「手続きは、役所に書類を提出するだけですから、筆跡や印鑑の問題をクリアしてしまえば、可能だと思います」

説明を加えたのは、石井だった。

確かにそうかもしれない。両者同席による、本人確認を行うなら別だが、そうではない。

「つまり、松田が勝手に離婚届を提出したってことか？」

「はい」

弥生が、返事をしながら目を伏せた。

もし、それが本当なら、彼女が混乱するのも当然だろう。あまりに自分勝手な振る舞いだ。

苛立《いらだ》ちを覚えるのと同時に、疑問が浮かんだ。

「松田は、何でそんなに強引な方法で離婚をしたんだ？」

「私にも分かりません。事情を聞こうにも、夫はそれ以来、家に戻ってきませんでしたから……」

「そのあとに事件が起きた」

「ええ……」

弥生は苦しそうに表情を歪《ゆが》めた。

彼女にしてみれば、二重のショックだったに違いない。

「あの……夫は、本当に人を殺したんでしょうか？」

しばらくの沈黙のあと、弥生が訊ねた。

「残念ですが、捜査状況についてはお話しすることはできません」

どう返答すべきか迷っている後藤に代わって、石井が答えた。

事件捜査をしていると、容疑者や被害者の家族から、捜査状況についての質問を受けることがある。

石井の回答は、模範的ではある。だが――。

「現段階では、その可能性が高い」

後藤は真っ直ぐに弥生に目を向けた。

隣の石井が「いいんですか？」と声をかけてきたが無視した。場合によっては、捜査状況を話すことで、貴重な情報を引き出せるかもしれない。

「そんなの嘘です」

弥生は、嫌々をするように首を振った。

「本当だ」

「私は信じません。夫は、必死に働いていたんです。仕事を掛け持ちして、昼も夜も、休まず働いていたんです」

「なぜ、そんなに働く必要があったんですか？」

石井が、横から訊《たず》ねた。

「病気で入院している娘がいるんです」

「娘……」

「その治療費を稼ぐためです。休みなく働きながらも、あの人は毎日、時間を見つけては、お見舞いに行っていたんです。それが、一週間前から急に……」

弥生は、そこまで言って歯を食いしばった。

こぼれ落ちそうになる涙を、必死に堪《こら》えているといった感じだ。見ている方が辛《つら》くなる。

「信じたくない気持ちは分かる。だが、松田自身が容疑を認めているんだ」

後藤は、同情的になる自分の気持ちを奮い立たせて言った。

「誰かに、そう言わされているんです」

弥生は強い口調で言った。

勝手に離婚届を提出し、家を飛び出したばかりか、殺人の容疑をかけられ逮捕された。

それでもなお、弥生は夫である松田を信じている。

――なぜ、彼女はここまで松田を信じることができる？

「勝手に決めつけるな」

「でも、絶対におかしいです！」

「何を根拠に言っている」

「あんなにも優しかった人が、いきなり離婚だなんて言い出して、家を出たかと思ったら、今度は人殺し……あの人に限って、そんなことはあり得ません」

弥生は、まくしたてるように言った。

「少し、落ち着け」

後藤は、弥生の肩に手をかける。

だが、彼女はそれを払いのけるように立ち上がった。

「刑事さん。もう一度、ちゃんと調べて下さい。あの人が、人を殺すはずないんです」

弥生は手を伸ばし、後藤にすがりつくように泣き始めた。

何も返す言葉がなかった――。

11

晴香は、八雲に続いて病室に足を踏み入れた――。

ベッドに横たわる麻衣の姿が見えた。

こちらの存在に気づいたのか、ゆっくりと麻衣が目を開いた。

「あなたは、どっちだ？」

八雲の言葉が、病室に響いた。

麻衣は、喉《のど》をひゅーひゅー鳴らしながら、虚ろな目を向けてくる。

まるで死人のような顔色だった。

「あなたは、何が目的なんですか？」

八雲は、目を細めながら、麻衣のベッド脇に歩み寄った。

「こ……殺して……やる……」

ガサガサに乾いた唇を動かしながら麻衣が言う。

「誰を殺すつもりですか？」

八雲は、無表情に訊ねる。

「許さ……ない……私は……」

「何をそんなに憎んでいるんですか？」

「私は……」

言いかけたところで、急に麻衣が苦しみ始めた。

ベッドの上で手足をバタつかせ、激しく身体を仰《の》け反らせる。

「大丈夫？」

ただならぬ事態に、晴香は麻衣に駆け寄り声をかける。

麻衣は、なおも苦しそうにしている。

ナースコールを押そうとした晴香の手を、麻衣がつかんだ。

一瞬、ドキリとする。

麻衣を見ると、その目はさっきまでの虚ろなものとは違っていた。

「お願い……」

麻衣が言った。

少しかすれてはいたが、それでも、その言葉に、麻衣の意志が感じられた。

「麻衣……」

「助けて……私の中に……誰かいるの……お願い……」

麻衣の目から、涙がこぼれ落ちる。

「麻衣……」

晴香は、麻衣の手を強く握った。

何か言葉をかけようとしたが、何も出て来なかった。正直、今の自分にできることは何もない。そのことが、悔しかった。

やがて、麻衣の手からふっと力が抜けた。気を失ったらしい。

「八雲君。どうなってるの？」

説明を求めて八雲に目を向けた。

八雲は、困ったなといいたげに表情を歪めながら、髪をガリガリとかいた。

「見ての通り、彼女には死者の魂がとり憑《つ》いている。とり憑いている魂の想いが強く、ときどき入れ替わっているんだ」

さっき、八雲が言っていた「別人だった」というのは、そういう意味だったのかと納得する。

「麻衣はどうなるの？」

「しばらくは大丈夫だろう。だが——」

「何？」

「このままの状態が続けば、やがては衰弱して……」

その先は、言わなくても分かる。

「早く何とかしなきゃ！」

晴香は、懇願するように言った。

「慌てるな」

「だけど……」

「彼女にとり憑いた霊を取り除く、一番手っ取り早い方法は何だと思う？」

八雲が腕組みをして、壁に背中を預けた。

「分からない」

「とり憑いた魂の望みを叶《かな》えてやることだ」

「だったら、早くそれを……」

「彼女にとり憑いている魂が、望んでいることは、ただ一つ——」

「何？」

「恨んでいる人間を——殺すことだ」

八雲の言葉に、晴香は絶句した。

——殺してやる。

麻衣にとり憑いた誰かが言っていたあの言葉は、まさにそのままの意味だったということだ。

「そんなこと……できないよ」

晴香は首を左右に振った。

麻衣のことは助けたい。だが、だからといって、そのために別の人間を殺すことなんて、できるはずがない。

「分かってる」

「ねえ、何か他に方法はないの？」

「それが分かれば、苦労はしない」

「そんな無責任な……何とか、してよ」

「落ち着け。騒いだって何も解決しない」

八雲に窘《たしな》められ、晴香ははっと我に返った。

感情ばかりが先走り、八雲を責めるような態度を取ってしまったが、そんなことをしても何も解決しない。

「ごめん……」

晴香は、下唇を噛《か》んで俯《うつむ》いた。

感情的になるのではなく、落ち着いて対処方法を考える必要がある。とはいえ、いくら考えても、何も浮かばない。

「君は、誰かを殺したいほど恨んだことはあるか？」

唐突に浴びせられた八雲の質問に、晴香は驚いて顔を上げた。

「ないよ」

晴香は首を振った。

人間だから、苦手な人もいるし、正直、嫌いなタイプの人もいる。だが、そうした人を殺そうとまで考えたことはない。

人を殺したい——という欲求を抱くのは、まともではないと思う。

「ぼくは——ある」

八雲が静かに言った。

「え？」

晴香は、一瞬、意味が分からず八雲を見た。

いったい、誰に対して、いつ、どんな状況でそういう感情を抱いたのか——晴香に分かるはずもなかったが、その横顔は、ひどく哀しげで、見ていて痛々しいほどだった。

「そういう考えを持ったことがあるのは、ぼくだけじゃない」

「八雲君……」

「だが、そういった感情は、大概一過性のものだ。それを、実行に移す人間と、そうでない人間との間には、境界がある」

「そうね」

それは、少しだけ分かる気がする。思うだけなのと、実際に行動に移すのでは、天と地ほどの差がある。

そこには、人として越えてはいけない境界が存在しているように思う。

「彼女にとり憑いた魂は、死んでもなお、誰かを殺したいと願っている」

「うん」

晴香は、返事をしながら、麻衣に目を向けた。

今は、静かに眠っている。だが——。

「それほどの恨みを、どうやれば晴らすことができるのか——正直、ぼくには分からないよ」

八雲が、息を吐きながら天井に目を向けた。

まさに八雲の言う通りだ。

死してなお、殺したい相手とは、いったい誰なのか？　なぜ、そこまでの憎しみを持っているのか？

その謎が解けなければ、麻衣を救うことはできない。

「とにかく、彼女に憑いている霊が誰なのかを、はっきりさせることが先決だな」

八雲は、ポツリと言って病室を出て行った。

「麻衣。待ってて。きっと助けるから……」

晴香は、眠っている麻衣に告げてから、八雲のあとを追った——。

12

松田の元妻である弥生との面会を終えたあと、後藤は石井と取調室に足を運んだ。

ドアの前に立ち、一呼吸入れる。

弥生から聞いた話のせいか、何だかもやもやしている。

「どうしました？」

石井に声をかけられ、我に返った後藤は、「何でもない」とドアを開けて取調室の中に入った。

部屋の奥には、椅子に座った松田の姿があった。

石井と並んで、向かいの椅子に座ってから、改めて松田に目を向ける。

無精髭《ぶしょうひげ》が生え、目の下に隈《くま》ができている。顎《あご》を引き、何かを覚悟したような表情をしていた。

「いくつか、確認させて下さい」

まずは石井が切り出した。

松田は何も答えない。石井は、それを同意と判断したらしく、話を進める。

「本当に、あなたが望月利樹さんを殺害したんですか？」

「そうだ」

松田は、うんざりしたように言う。

「それは本当ですか？」

「ああ。何遍も同じ話をさせるな」

「実は、別の証拠が出てきているんです」

石井が、キザったらしくシルバーフレームのメガネに指先で触れた。

「証拠……だと？」

松田が、怪訝《けげん》な表情を浮かべる。

石井が一つ頷《うなず》いてから、話を続ける。

「凶器であるナイフを調べましたが、松田さんの指紋は検出されませんでした」

「おれは、手袋をしていたんだ。指紋が付着していないのは、当然だろ」

半ば呆《あき》れたように松田が言った。

「それだけなら、問題はない」

後藤は、吐き出すように言った。

「どういうことだ？」

「ナイフからは、別の人間の指紋が検出された」

「なっ……」

「誰の指紋だと思う？」

後藤は、ずいっと身を乗り出して松田に顔を近づけた。

さっきまでふてぶてしい態度を取っていた松田だったが、今は困惑の色が滲《にじ》んでいる。

「そんなこと、おれが知るわけねぇだろ」

松田は、吐き捨てるように言って視線を逸らした。

「なら、教えてやるよ。検出された指紋は、事件の目撃者である箕輪優子のものだ」

後藤が言うと、松田は目を見開き驚愕《きょうがく》の表情をした。

額には、玉のような汗が浮かび、目線が宙を泳いでいる。

「どういうことか、説明してもらおうじゃねぇか」

後藤は、さらに松田に詰め寄った。

しばらく沈黙していた松田だったが、不意に表情を緩めたかと思うと、声を上げて笑い始めた。

「何がおかしい？」

「刑事さんよ。まさか、それだけの根拠で、おれの供述を疑ってかかったのか？」

「何？」

「おれは刺したあと、ナイフを茂みの中に捨てたんだ。そのあと、あの女がナイフに触ったか何かしたんだろ」

松田が得意げに言う。

こういう返しをすることは、だいたい予想がついていた。

「問題は、それだけじゃない」

「は？」

「望月利樹を殺害したのは、恋人の箕輪優子だって証言する人間が現れたんだ」

神社で八雲から得た情報だ。

「誰が、そんなこと言ってんだ？」

「事件の目撃者――とだけ言っておこう」

後藤は、曖昧《あいまい》な答え方をした。

死んだ望月利樹の魂が――などと答えたところで、どうせ信じないだろう。

――さあ、どう出る？

固唾《かたず》を呑《の》んで反応を見守る後藤を、松田は即座に嘲笑《あざわら》った。

「何がおかしい？」

「刑事さん。その証言は嘘だ」

「なぜ、そう言い切れる？」

「簡単だ。おれが刺したからだよ。この手で、間違いなく」

そう言って、松田は自らの両手をじっと見つめた。

揺さぶりをかけるつもりだったが、松田は全く動じていない。やはり、この男が犯人なのか？

――嘘です。

松田の元妻である弥生は、そう訴えた。

一方的な離婚を告げられ、突然、姿を消したこの男を、この期に及んでも信じ続けている。

「さっき、お前の女房に会った」

後藤が切り出すと、松田が口許《くちもと》を引き攣《つ》らせた。

「元女房だ。今は、他人だ」

松田の言葉は投げやりだった。

「彼女は、そう思ってはいないようだ」

「書類は提出されている。思う思わないは関係ない。おれとあいつは、他人だ」

悪びれない態度の松田の言葉に、後藤は強い怒りを覚えた。

弥生は、この男の何を信じたのか？

「娘も他人ってわけか？」

「ああ。関係ないね」

松田は、相変わらずの態度だった。

弥生の話では、松田は娘の治療費を稼ぐために、昼夜を問わず働いていた。そこまでしていたにもかかわらず、こうも簡単に切り捨てられるものだろうか——。

「なぜだ？」

「は？」

「なぜ、大切なものがあるのに、人の命を奪ったりしたんだ？」

「関係ないって言ってんだろ」

「本気か？」

「ああ本気だね。女房も子どもも、おれにはもう関係ない。生きようが、死のうが、おれの知ったこっちゃねぇ」

松田が声を荒げた。

だが、その言葉が本意でないことは、後藤にも分かった。

松田は、何かを必死に守ろうとしている。それが、分かっているはずなのに、言葉の持つ毒に、後藤は怒りを抑えることができなかった。

「お前、本気で言ってんのか？」

「ああ。本気だ」

「てめぇ！」

叫びながら、松田につかみかかっていた。

さらに後藤は、松田を床の上に引きずり倒し、その上に馬乗りになる。

「後藤刑事！　止めて下さい！」

石井が血相を変えて止めに入る。

後藤は、それを振り払い、拳《こぶし》を振り上げた。

だが、それを振り下ろすことはなかった。松田の目に、涙が浮かんでいるのを見てしまったからだ。

「くそったれ……」

後藤は、力無く吐き出すと、逃げるように取調室を出て、廊下の壁に背中を預けた。気持ちを落ち着けようと深呼吸を繰り返す。

殴ってもいない拳が、じんじんと痛みを放っているようだった。

――何なんだ。

後藤が、心の中で呟《つぶや》いたところで、携帯電話が鳴った。

「誰だ」

後藤は、電話に向かって苛立《いらだ》ちを吐き出した。

〈電話の応対を、改めて下さい〉

聞こえてきたのは、いかにも気怠《けだる》そうな八雲の声だった。

「うるせぇ！」

〈うるさいのは、後藤さんでしょ〉

「何だと？」

〈そうやって、すぐ感情的になる。本当に子どもですね〉

次から次へと、よく言葉が出てくる。

少しは言い返してやりたいところだが、残念ながら、八雲に口論で勝つ自信はない。

「こっちは忙しいんだ。用が無いなら切るぞ」

〈ぼくは、用事もなく後藤さんに電話するほど暇じゃないんです〉

やっぱり一言多い。

「用があるなら、さっさと言え」

後藤は、舌打ち混じりに言った。

〈少し、調べて欲しいことがあるんです〉

「調べて欲しいこと？」

〈ええ〉

八雲が、こういう依頼をしてくるときは、大抵、幽霊がらみのトラブルを抱えているときだ。

大方、晴香に持ち込まれたといったところだろう。

「悪いが、おれは忙しいんだ」

今の事件で手一杯で、別件を調べているほどの余裕はない。

〈そうですか……ぼくの勘が正しければ、あの神社で起きた殺人事件の謎が解けるかもしれないんですが……〉

「な、何だって！」

〈忙しいなら仕方ないです。では……〉

「おい！　八雲！」

後藤は、慌てて呼びかけたが、すでに電話は切れていた。

八雲は、こちらの反応を楽しむかのように、わざとこういうことをする。

──面倒な野郎だ。

後藤は、内心でぼやきながら、八雲の携帯に電話を入れる。だが、しばらくコール音が続いたあと、留守番電話に切り替わってしまった。

素直に出るつもりはないらしい。つくづく、捻《ひね》くれた野郎だ──。

後藤は、苛立ちを噛《か》み殺しながら、もう一度電話を入れる。

そこまでして、ようやく八雲が電話に出た。

〈どうしたんですか？　お忙しいんでしょ〉

皮肉たっぷりに八雲が言う。

「そう言うなよ。それより、さっきの件だが……」

〈生憎《あいにく》ですが、ぼくも今は忙しいんです〉

「待てよ」

〈悪いことしたときは、何て言うんでしたっけ？〉

――本当に底意地が悪い。

「ご、ごめんなさい」

屈辱に耐えながら、絞り出すように言った。

〈大変よくできました〉

勝ち誇ったその物言いに腹が立つが、事件解決のために我慢しよう。

「それで、どういうことだ？」

〈例の神社で、今回の殺人事件を除いて、誰か死んだ人がいないかを調べて下さい〉

「死んだ人？」

〈事件に限らず、自殺、事故、なんでもいいです。性別は、たぶん女性です〉

「分かった。やれるだけ、やってみる」

〈お願いします〉

「それで、その死んだ奴と、今回の事件が、どう関係しているんだ」

〈分かりません〉

八雲はきっぱりと言った。

「何？　お前、さっきと言ってることが違うじゃねぇか」

〈話をちゃんと聞いて下さい。ぼくは、謎が解けるかもしれない……と言ったんです。断定した覚えはありません。ただの勘ですし〉

八雲は、悪びれもせず言った。

ただの勘で警察を動かすなど、言語道断と言いたいところだが、今まで、八雲の勘から、何度も事件を解決に導いて来た。

悔しいが、無視できるものではない。

「分かったよ」

〈じゃあ、お願いしますね〉

電話が切れた。

「後藤刑事」

後藤がため息をついたところで、石井が声をかけてきた。

「何だ？」

「大丈夫ですか？」

石井が、眉《まゆ》を下げて心配そうな顔をしている。

「何が？」

「いや、その……」

どうやら石井は、さっきの取調室での後藤の暴挙に、気を揉《も》んでいるらしい。

後藤は取調室のドアに目を向けた。

今の状態では、松田から有効な証言を引き出すのは難しい。八雲から依頼された案件を、足がかりにした方が良さそうだ。

「石井、行くぞ」

後藤は、言うなり歩きだした。

「え？ どちらに？」

「八雲に頼まれた件を調べるんだよ」

「何ですそれ？」

「何でもいい」

説明するのが面倒になり、突き放すように言った。

「で、でも」

「何だ？」

「彼女の事情聴取はどうします？」

「彼女？」

「箕輪優子さんです」

――そうだった。

松田の取り調べのあと、優子から、事情聴取をしようということになっていた。

だが、改めて話を聞いたところで、簡単に状況が変わるとは思えない。また、嚙み合わない証言を聞かされるかと思うと、げんなりした。

「お前、やっとけ」

後藤は、石井に押しつけて逃げるように歩き去った。

第二章

記憶の呪い

FILE:
02

1

ドアの前に立った石井は、大きく深呼吸してからインターホンを押した。

しばらくしてドアが開き、箕輪優子が顔を出した。

その顔を見て、石井はドキリとする。

色が白く、つるんとした顔立ちで、切れ長の目が一際目立つ。

頭の中で、石井が知っているあの女性と、目の前の優子の顔が重なった。やはり似ている。

――いや、そんなはずはない。

石井は頭を振って否定した。絶対に、彼女であるはずがないのだ。

「世田町《せたまち》署の石井です。事件のことで、おうかがいしたいことがありまして……」

石井が気を取り直してから言うと、優子は「どうぞ」と中に入るように促した。

「し、失礼します」

石井は玄関を上がり、優子に案内され、廊下の突き当たりにあるリビングに通された。

壁際には、段ボール箱がいくつも積み重ねられている。

「散らかっていて、すみません。引っ越しの準備をしていたものですから……」

優子が、申し訳無さそうに言う。

殺害された望月と、優子は婚約していた。おそらくは、同居するための引っ越しの準備をしていたのだろう。

幸せの絶頂から、どん底に突き落とされたようなものだ。

「どうぞ、おかけになって下さい」

「はい」

石井は、勧められるままに、ダイニングテーブルの椅子に座る。

「お一人なんですか？」

向かいの席に座りながら、優子が訊《たず》ねてきた。

刑事は、本来は二人一組で動くものだ。

石井も最初はそのつもりだったのだが、一緒に来るはずだった後藤は、松田の取り調べが終わったあとに、一人でどこかに行ってしまった。

「今日は、私一人です」

「そうですか……」

そのあと、しばらく沈黙があった。

何から話すべきか、石井自身整理がついていなかった。

「それで、今日は何を……」

沈黙に耐えかねたのか、優子が不安げな表情を浮かべる。

「あ、すみません。事件当日のことを、もう一度、詳しく聞かせていただきたいと思いまして……」

石井は、慌てて口にする。

詳しい状況を聞けば、見えてくることもあるかもしれない。

「詳しく……ですか？」

「はい。あの神社に行ったのは、何時頃ですか？」

「最初にお話しした通り、七時頃です」

「何をしに行ったんですか？」

「あの日は、彼の家で結婚式の打ち合わせをしていました。その帰り道でした……」

優子は目を細めた。

幸せだった日々を、思い返しているのかもしれない。だが、それは、もう二度と戻っては来ない。

「望月さんの家から帰るときは、いつも神社を通るんですか？」

「いいえ」

「では、なぜ？」

石井がたずねると、優子は嫌そうに表情を硬くした。

「そのことは、もう話しました」

「もう一度、お願いします」

「いつわりの樹……知ってますか？」

「はい」

神社にある杉の木の前で嘘をつくと、呪われるという噂がある。

「結婚する前に、確かめたかったんです」

「何をですか？」

「利樹さんの気持ち……」

そこまで言って、優子が大きく洟《はな》をすすった。

石井が高校生のときも、カップルたちがお互いの気持ちを確かめ合う場所として利用していた。それと同じことなのだろう。

その結果、事件に巻き込まれたと考えると、やりきれないものがある。

ふと、石井の中に一つの疑問が浮かんだ。

いつわりの樹の前で、気持ちを確かめたかったということは、優子は、望月の愛情に、疑問をもっていたということだろうか？

「望月利樹さんは、その……」

どう訊《き》いたらいいのか分からず、口ごもってしまった。

「利樹さんは、あまり口に出して、愛情表現をしてくれる人ではありませんでしたから……」

石井の考えを察したらしく、優子が掠《かす》れた声で言った。

「そうですか……それで、そのあとはどうなったんですか？」

　先を促すと、優子の顔色が一気に青ざめた。

　事件の瞬間のことを思い返したのかもしれない。

　何かを喋《しゃべ》ろうと、口をパクパク動かしたが、言葉を発する前に両手で顔を覆ってしまった。

　肩が少し震え、微かに嗚咽《おえつ》するような声が漏れ聞こえて来た。

「大丈夫ですか？」

　石井は、そう声をかけるのがやっとだった。

「すみません……大丈夫です」

　しばらくして、優子は洟をすすりながら顔を上げた。

　視線がぶつかった。

　石井の脳裏に、十年前の記憶がフラッシュバックする。

　大きな杉の木の前に佇《たたず》む、女性の背中が見えた。黒く髪の長い女性だ。石井は、彼女に声をかける。

　彼女は、それに反応してゆっくり振り返った。

　その顔には、艶《つや》っぽい笑みが浮かんでいた――。

「どうしたんですか？」

　優子に声をかけられ、石井は、はっと我に返る。

「あ、いいえ、何でもありません。そ、それで、そのあとはどうなったんですか？」

石井は、優子から視線を逸らして先を促した。

「はい。しばらくは、神社で話をしていました……」

「どれくらいですか？」

「はっきりとは覚えていませんが、それほど長い時間ではないと思います」

「その後は？」

「帰ろうとしました。そしたら……」

優子が、何かを探すように、視線を泳がせる。

「男が現れた？」

「はい……」

「彼は、いきなり襲ってきたんですか？」

「いいえ」

優子が首を振る。

「では……」

「あの男は、ナイフを持って、私たちの前に現れると、言ったんです」

「何と言ったんですか？」

石井は喉《のど》を鳴らして固唾《かたず》を呑《の》んだ。

「お前は、望月利樹かって……」

「それは本当ですか？」

たと証言した。
容疑者である松田は、金を奪うのが目的で、偶々《たまたま》神社にいた望月を襲い、ナイフで刺し
もし、優子の証言が本当であるなら、松田は嘘をついていることになる——。
石井は、ずいっと身を乗り出した。

だが、今の優子の証言だと、松田は二人の前に姿を現したときに「お前は望月利樹か？」と確認を入れている。

つまり、松田は偶発的に望月を襲ったのではなく、最初から彼を狙っていたことになる。

「あの……何か、分かったんですか？」

優子が、不安げに訊ねてきた。

「あ、すみません」

石井は慌てて居住まいを正した。

「別の質問をさせて頂いて、よろしいですか？」

改めて石井が訊ねると、優子は小さくうなずいた。

「望月さんは、誰かから、恨みを買っていたりしませんでしたか？」

「恨み……ですか？」

「ええ」

石井は、息を止めて優子の返事を待った。

松田は望月に恨みのある誰かから、殺害を依頼された——それが、石井が思い描いた推

理だった。

「利樹さんに限って、恨みなんて……」

「本当ですか？」

石井は、思わず聞き返した。

頭の奥で、ざわざわと何かが揺れる。閉じ込めていたはずのものが、今にも飛び出して来そうな不吉な感覚——。

「利樹さんは、優しい人でしたから……仕事のことは分かりませんけど、人の心の痛みが分かる人でした。誰かから恨まれるような人ではありません」

石井には信じられなかった。

まるで、おとぎ話を聞かされているように、現実みのない話だった。

——メガネザル。

耳の奥で、声がした。

望月の声だ。陰湿で、粘着質で、侮蔑《ぶべつ》と敵意に塗《まみ》れた声——。

「嘘だ。彼を恨んでいた人は、いたはずだ。そうでなきゃ、おかしい」

気がついたときには、口に出していた。

「え？」

「あ、いえ、すみません」

石井は、慌てて否定する。だが、遅かった。

「あなたに、利樹さんの何が分かるんですか？」

優子が、睨《にら》み付けるような視線を石井に向ける。

その迫力に気圧《けお》されて、石井の額からどっと冷たい汗が流れ出す。

「ち、違うんです」

「何が違うんですか？」

「彼は、同級生だったんです……」

「え？」

さすがに驚いたらしく、優子の勢いは急速にしぼんでいった。

「私と望月利樹さんとは、高校時代の同級生でした……」

「そうだったんですか……」

「すみません。昔のイメージと少し違っていたもので、つい……」

石井は、額の汗を拭《ぬぐ》った。

それから、しばらくの間、お互いに口を開くことはなかった。

「じゃあ、姉のことも、知っているんですね」

どれくらい時間が経ったのだろう。今にも消え入りそうな声で、優子が言った。

「お姉さん？」

声に出すのと同時に、居心地の悪さを覚えた。

——似ている。

その感覚が、再び蘇《よみがえ》ってくる。

もしかして——その思いが首をもたげたが、信じたくないという願望が、それをかき消した。

「私の姉は、小坂由香里《こさかゆかり》といいます」

優子の告白は、強い衝撃となって、石井の頭を揺さぶった。

忘れかけていた名前だ。いや、正確には、忘れようとしていた名前——。

「あなたは、本当に小坂由香里さんの……妹？」

「はい」

「でも、苗字《みょうじ》が……」

「同級生でしたら、姉の事件のことは知っていますよね」

「あ、はい……」

返事をしながら、身体の震えが止まらなかった。

「あの事件のあと、両親が離婚したんです。私は母方に引き取られたので……」

「そうでしたか……」

そう言うのがやっとだった。

初めて優子に出会ったときから感じていた、似ているという感覚の正体が分かった。いや、本当は分かっていたのに、心がそれを拒絶していた。

封じ込めていた記憶が、一気に流れ出してくるようだった。

「何で、こんなことになったんでしょう……」

優子が、独り言のように言った。

音もなく、彼女の頬を涙が伝った。

「いや、私には……」

因果の流れが、どうなっているかなど、石井に分かるはずもなかった。

「大切な人が、二人も同じ場所で死ぬなんて……これは、いつわりの樹の呪いなんでしょうか……」

「なっ、何を言うんですか。の、呪いなんて……」

「そう思いたくもなります。もしかしたら、姉も……」

「や、止めろ！」

石井は、優子にそれ以上言わせまいと立ち上がった。

椅子がバタンと音を立てて倒れた。

優子が、じっと石井を見ている。その目が、小坂由香里と重なった。

――お前が殺した。

そう言われているようだった。

息が苦しい。

「し、失礼します」

石井は、逃げるように優子の部屋を飛び出した。

無我夢中で階段を駆け下りる。

必死に、記憶を閉じ込めようとしたがダメだった。

意志とは関係なく、十年前のあの日の記憶が蘇る――。

高校三年生のある日のことだった。石井は、神社へと続く石段を登っていた。

ある人物に会うためだ。

石段を登り切ると、その人物は、いつわりの樹を、哀しげな目で見上げていた。

――あの。

石井は、その背中に声をかけた。

ゆっくりと、振り返る。

――小坂由香里だった。

と、思った拍子に、石井は何かにつまずいて、前のめりに転んだ。

石井は、痛みを堪《こら》えながら、ゆっくりと立ち上がる。

どこをどう走ってきたのか、覚えていないが、いつの間にかあの神社の石段の下まで来ていた。

石段の途中に、黒い猫が座っていた。

「うわぁ！」

石井は、わけも分からぬまま、猫に向かって叫んだ。

2

晴香は、一歩一歩確かめるように石段を登っていた。

さすがに息が切れる。

「八雲君。待ってよ」

少し前を行く八雲の背中に声をかけた。

「運動不足だから、そういうことになる」

八雲が、振り返りながら言った。

いちいち指摘されるまでもなく、そんなことは自分が一番分かっている。

晴香は、足を止めて登ってきた石段を振り返った。

一瞬、目眩《めまい》がした。

かなりの高さがある。ここを転げ落ちたら、ケガではすまないだろう。

再び登り出そうとしたところで、石段の横の茂みから、黒い何かが飛び出してきた。

「きゃっ！」

反射的に身体を反らすのと同時に、バランスを崩し、石段を踏み外した。

——落ちる。

そう思ったところで、腕を摑《つか》まれ、寸前のところで踏みとどまることができた。

「君は、信じられないほどのドジだな」

八雲が、呆《あき》れたように言った。

言い方は気に入らないが、助けられたのは事実だ。

「ありがとう」

晴香が素直に礼を言うと、八雲はふんと鼻を鳴らし、再び石段を登り始めた。

あとに続こうとしたところで、ニャーという猫の鳴き声が聞こえた。

「あ！」

すぐ目の前に、真っ黒い猫が、ちょこんと座っていた。さっき飛び出してきたのは、この猫だったのだろう。

「危なく、落ちるところだったんだぞ」

猫に向かって言ってみたものの、言葉が通じるわけもなく、猫は不思議そうに首を傾げただけだった。

「グズグズするな」

石段の頂上に到達した八雲が、声を上げた。

「分かってるわよ」

晴香は、小声で言ってから、再び石段を登り始めた。

さっきの失敗があるので、今度はしっかりと手すりを摑みながら、慎重に歩を進めた。

石段の頂上まで登り、振り返ると、街が一望できた。

夕刻を迎え、オレンジ色に染まったその風景は、何ともいえない鮮やかな美しさがあった。

「ぼうっとしてると、また落ちるぞ」

八雲はあくびを嚙《か》み殺しながら言うと、真っ直ぐに杉の木に向かって歩いていった。

晴香は「待って」と、すぐに八雲のあとを追いかけた。

「これが、いつわりの樹……」

根元から、その大木を見上げた晴香は、感嘆の声を漏らした。

麻衣のことがあるからか、聳《そび》え立つ杉の木は、得体の知れない妖気《ようき》を放っているようでもあった。

「この樹を見てると、本当に呪いがあるかもって思えてくるね」

晴香は、独り言のように言った。

「呪いは言霊信仰から来ている」

八雲が、目を細めて杉の木を見上げながら言った。

「言霊信仰？」

言葉自体は耳にしたことがあるが、詳しいことは分からない。

「簡単に言えば、言葉にすることで、それを現実にする力のことだ」

「超能力みたいなもの？」

「違う。思い込みだ」

「思い込み？」

「そうだ。たとえば、緊張したときに、掌《てのひら》に人と書いて呑《の》むって方法があるだろ」

「うん」

「あれも、言霊や呪いの一種だ。スポーツ選手が、試合前に必ず勝つと断言するのも、同じだ。そうやって、暗示をかけるんだ」

「そっか」

そう言われると、イメージが湧く。

「恋愛も、言霊のようなものだ」

「そうなの？」

「ああ。好きな相手がいたとして、そのままでは何も起こらない。関係に進展もない」

「うん」

「だが、言葉で想いを伝えることで、状況は変わってくる。相手も同じ想いをもっていた場合は、そこで恋人同士の関係に進展する」

「もし、そうじゃなかったら？」

「失敗することで、気持ちの切り替えができるだろ。場合によっては、想いを伝えることで、相手は君を意識して、恋愛感情を抱くようになるかもしれない。言葉の力で、関係を変える。呪いだよ」

――なるほど。

納得すると同時に、晴香は八雲に目を向けた。

今、恋の呪いを実践してみたら、どうなるのだろう——そんな衝動に駆られたが、止めておいた。

今の関係を変えてしまうのは、とても怖い。

「そういう意味では、この樹の伝説そのものが、呪いなんだ」

八雲が、杉の木の幹を指で撫《な》でる。

確かにそうかもしれない。

麻衣のように、いつわりの樹の噂を信じた者は、嘘をついたことで、自分が呪われるかもしれないというおびえを抱く。

その感情こそが、呪いの正体なのだろう。

「うわぁ！」

晴香が口にしようとしたところで、悲鳴にも似た叫び声が聞こえた。

石段の下からだったように思う。

晴香は、八雲と顔を見合わせたあと、踵《きびす》を返して石段に駆け寄った。

のぞき込むようにして見ると、石段の下で男の人がつまずいているのが見えた。

知っている人物——石井だった。

「石井さん……」

声をかけようとした晴香だったが、八雲がそれを制した。

無言で小さく首を左右に振る。

晴香は、戸惑いながらも、八雲に従った。

石井は、こちらには気付いていないらしかった。

しばらく、じっとしていた石井だったが、ゆっくりと立ち上がり、メガネを外して、目をこすりながら歩き去っていった。

泣いているようだった——。

「八雲君……」

晴香が目を向けると、八雲は深いため息をついた。

「今回の事件の鍵《かぎ》は、石井さんが握っている」

晴香には、八雲の言葉の意味が分かるはずもなかった——。

3

「ああ、面倒臭せぇ！」

署の地下にある、資料の保管倉庫に足を踏み入れた後藤は、思わず口にした。

——過去に神社で死んだ人間がいないか調べてほしい。

それが八雲からの依頼だった。

最初、データベースを検索してみたが、該当する案件はなかった。

担当者に問い合わせると、データベースに入っているのは、過去五年分だけだという。それより以前のものが見たければ、保管倉庫にあるとのことだった。

そうして、倉庫に足を運んだのだが、身長より高いスチールラックが四列並んでいて、それぞれにぎっしりファイルが収まっているのを目にして、すっかり気持ちが萎《な》えた。

簡単な仕事だと思っていたが、甘かったようだ。

特に、後藤は地道な作業が嫌いだ。

——こっちを石井に任せれば良かった。

後悔の念を抱きながらも、後藤は端からファイルを取り出し、中身を確認しては、ラックに戻すという作業を始めた。

こういう単純作業をやっていると、いろいろと余計なことを考えてしまう。

最初に頭に浮かんだのは、松田の顔だった。

胸の奥が、ざわざわと音をたてて揺れた。

自供はしているが、後藤には、どうしても、松田が金銭目的で人を襲うような男には思えなかった。

そう思う理由は、あの目だ——。

松田の目には、強い意志が込められていた。あれは、欲望に溺《おぼ》れた人間の目ではない。

後藤には、松田が何かを守ろうとしているように思えた。

——誰かをかばっているのか？

もし、そうだとしたら、いったい誰を守っているのか？

妻や娘を犠牲にしてまで、守らなければいけない誰かがいるとは、到底思えなかった。

「クソッ！」

頭を振って、気持ちを切り替えようとしたがダメだった。

次に浮かんできたのは、なぜか石井の顔だった。

いつでも頼りなさそうにしている石井だが、今回は、いつにも増して様子がおかしいように思う。

被害者が同級生だったことで、動揺していると考えられなくもないが、それだけではないように感じる。

まるで、何かに怯《おび》えているようだ。

もしかしたら、石井は事件について、重大な何かを知っているのかもしれない。あるいは、何らかのかたちで関与している――。

「いや、そんなはずはない」

後藤は、口に出して自らの考えを否定した。

石井は仮にも後藤の相棒の刑事だ。彼を疑っては、捜査などできるはずがない。

「おれは、何を考えてんだ……」

後藤は、自嘲《じちよう》気味に笑ってから、資料を探す作業に没頭した。

「見付けた……」

それからしばらくして、後藤はようやく目的の資料にたどり着いた。

後藤は、睨《にら》み付けるようにして資料に目を通す。

あの神社で、過去に死んだ人間がいた。

今から十年前のことだ。

地元の高校に通う女子高生が、神社の石段の下で遺体となって発見された。

死因は脳挫傷《のうざしょう》――。

警察は事件と事故の両面から捜査を行った。

最終的に、事件性はなく、事故であるとの結論を下している。

「臭うな……」

後藤は、資料を抱えて保管倉庫を出た。

階段を上がり、署の正面玄関から外に出たところで、携帯電話を取りだし、八雲に電話を入れた。

〈もしもし〉

三回のコール音のあと、八雲の眠そうな声が聞こえてきた。

「見つかったぜ」

後藤は、煙草に火を点《つ》ける。

煙が、ズシリと肺にのしかかる。

〈何がです？〉

「何がって……お前の言ってた、過去に神社で死んだ奴がいないかって、あれだよ」

〈ああ、あれか〉

自分で頼んでおいたクセに、ずいぶんと無気力な態度だ。

「まったく……」

〈それで、どんな事件です？〉

「十年前に、あの神社の石段の下で、女の遺体が発見された」

〈殺人ですか？〉

「最初は、事件と事故の両面から捜査していたが、最終的に事故だと結論付けている」

〈そうですか……〉

わずかだが、八雲の声が変わった。

長い付き合いで分かっている。こういうときの八雲は、何かを感じているのだ。

「それで、どうする？」

後藤は、期待を込めてたずねた。

八雲は過去に神社で起きた事件と、今回の望月の事件が、つながっているようなことを言っていた。

八雲が、どんな結論を導き出すのか――興味があった。

〈詳しく調べてみないと、分かりませんね〉

「何？」

〈とりあえず、事件の資料を、持ってきて下さい〉

さも当たり前のような口調だ。

毎回、毎回、パシリみたいに使いやがって——。

「見たければ、自分で取りに来い」

〈別に、ぼくは資料なんて見たくありません〉

「は？」

予想外の反応に、戸惑ってしまう。

〈後藤さんが、事件を解決するために、ぼくに資料を見せたいんでしょ〉

「調べろって言ったのは、お前だろ」

〈分かりました。ぼくに見せたいと思ったら、持ってきて下さい〉

「おい、ちょっと待て……」

八雲は、後藤の言葉を最後まで聞かずに電話を切ってしまった。

「持っていけばいいんだろ。まったく」

後藤は、吐き捨てるように言ったあと、煙草を携帯灰皿に放り込み、駐車場に向かって歩き出した。

車の前まで来て、ふと視線を上げると、空を流れる筋状の雲が、オレンジ色に染まっていた——。

4

――なぜ、こんなことになったのか？

石井は、神社から駅前へと続く道を、考えを巡らせながら、とぼとぼと歩いていた。

だが、いくらそうしたところで、答えなど出ない。それは、石井自身が一番分かっていた。

「私は……」

言いかけたところで、けたたましいクラクションが鳴り響いた。

「ひぃ！」

石井は、思わず尻餅《しりもち》をついた。

すんでのところで、大型のトラックが急停車する。

「バカヤロー！」

強面《こわもて》の男が運転席から顔を出して叫んでいた。

どうやら考えに集中し過ぎて、赤信号を無視して交差点を渡ろうとしていたようだ。

「す、すみません」

石井は慌てて立ち上がり、交差点から歩道に引き返した。

危なく、死ぬところだった。

トラックが、エンジン音を響かせながら走り去っていく。

「どうかしている……」

石井は、額に浮かんだ汗を拭《ぬぐ》った。

事件の目撃者である優子が、高校時代の同級生、小坂由香里の妹であると知り、必要以上に動揺してしまった。

よくよく考えてみれば、今回の望月殺害事件と、十年前のことが関係しているはずはないのだ。

単なる偶然の産物に過ぎない。

「そうだ。関係ない」

石井は、自らに言い聞かせたあと、ガードレールに寄りかかり、携帯電話を手に取った。

今は、望月利樹の殺害事件の捜査に集中しよう。

石井は、この後の指示を仰ぐために、後藤に連絡を入れた。

〈誰だ?〉

しばらくコール音が続いたあと、いかにも不機嫌そうな後藤の声が聞こえた。

「あ、石井雄太郎であります」

〈知ってるよ〉

「す、すみません」

〈それで、何の用だ?〉

「目撃者の事情聴取が終わりましたので……」

〈どうだった？〉

「それが……」

どこから話していいものかと悩んでしまう。

〈歯切れが悪いな〉

「実は……」

石井は、ひと息ついてから、優子から聞きだした事件当日の様子を、仔細《しさい》に後藤に説明した。

——お前は、望月利樹か。

松田がそうたずねた件で、後藤が〈どういうことだ？〉と口を挟んだ。

「現在の情報だけでは、はっきりしたことは分かりませんが……」

〈何だ？〉

「もし、彼女の話が本当だとすると、松田は偶然神社にいた望月を襲ったのではなく、最初から彼を襲うことが目的だったことになります」

石井は、一息に自分の推測を口にした。

〈その可能性はあるな〉

「はい」

〈だが、そうなると、松田は嘘をついているってことになる〉

「そうですね」

〈お前は、どっちだと思う？〉

「分かりません」

それが、石井の本音だった。

どちらの証言も、石井には真実のように思えてしまう。

〈はっきりしねぇ野郎だな〉

「すみません……」

後藤の言葉が、自分に向けられたものでないことは分かっていた。

だが、自然とその言葉が出ていた。

〈何で謝るんだ？〉

「いえ、その、すみません……」

〈だから、謝るなって言ってんだろ〉

「すみま……」

〈石井！〉

「は、はい」

〈理由もなく謝るな。刑事なら、もっと堂々としてろ〉

後藤の言っていることは、もっともだと思う。しかし、頭で分かっていても、できないことがある。

石井は、昔から他人の顔色ばかり窺《うかが》いながら生活していた。できるだけ目立たないように、相手の感情を逆撫《さかな》でしないように——一種の防衛本能のようなものだ。

悪いと思っていなくても、取り敢《あ》えず謝れば、その場は収まる。いつの間にか、それがクセのようになってしまった。

〈まったく……〉

後藤が、ぼやくように言った。

反射的に「すみません」と言いそうになったのを、かろうじてこらえた。

「それで、この後どうしたら……」

〈おれに聞くな〉

「で、でも……」

〈やることなんて、いくらでもあるだろ〉

「は、はぁ」

〈優子の素性を洗うとか、松田の勤務先の聞き込みとか、望月の交友関係を洗うとか……〉

「わ、分かりました」

〈まったく。少しは、自主的に動け〉

また「すみません」と言いそうになったのを、慌てて呑《の》み込んだ。

いた。

〈おれは、八雲の相手で忙しいんだよ〉

「後藤刑事は……」

〈何だ?〉

「あの……」

投げやりな言葉のあと、電話が切れた。

石井は、携帯電話をしまおうとしたところで、後藤に伝え忘れたことがあることに気付いた。

優子の姉である小坂由香里が、望月利樹の同級生であったという事実だ。

もう一度、電話をしようかと思ったが止めておいた。

「関係のないことだ」

石井が呟《つぶや》きながら顔を上げると、交差点の反対側に立っている男の姿が目に入った。

黒いスーツを着て、長い髪を後ろに撫《な》でつけ、サングラスをしていた。口許《くちもと》には、うっすらと笑みを浮かべているようだった。

——あの男は。

異様な存在感を放つその男に、石井は見覚えがあった。

引き寄せられるように、近づこうとした石井だったが、それを遮るように、大型のバスが目の前を通り過ぎた。

驚き、後退る。

再び視界が開けたときには、もう男の姿は消えていた——。

5

「まったく……」

後藤は、石井との電話を終えたあと、思わず口にした。

どうして石井は、あんなにオドオドしているのか。刑事なら、もっと堂々としていればいいものを、いつも何かに怯《おび》えたようにしている。

だが、石井を毛嫌いしているわけではない。

むしろ期待しているし、どうにかしてやりたいと思う。根が不器用な後藤には、どう言葉にすればいいのか分からず、ついつい厳しく当たってしまう。

自分などより、もっと別の人間とコンビを組んだ方が、石井は成長するかもしれないとも思う。

「おれは、何を考えてんだ」

後藤は、頭を振って考えを振り払ってから歩き始めた。

明政《めいせい》大学の正門を入り、B棟の裏手にあるプレハブの建物を目指す。

「邪魔するぜ」

後藤は、一番奥にある〈映画研究同好会〉のドアを開けた。

「邪魔だと分かっているなら、帰ってください」

壁際の椅子に座っている八雲が、眠そうに目をこすりながら言う。

二言目にはこれだ。

「お前が呼び出したんだろう」

「ぼくが用があるのは、後藤さんじゃなくて、その資料です」

八雲が、後藤の持っている茶封筒を指差した。

「ほらよ」

後藤は、資料を八雲に投げた。

それを受け取った八雲は、早速資料を取りだし、目を通し始める。

「まったく……」

後藤はぼやきながら席に着いた。

「今日、石井さんはどうしたんですか？」

八雲が、資料に目を向けたまま訊《たず》ねてきた。

「別件で動いてる」

「例の神社での殺人事件ですね」

「ああ」

「いいんですか。一人にして」

「ガキじゃあるまいし、少しは自分で動いてもらわないとな」

「他人《ひと》のこと言えるんですか？」

八雲が、小バカにするような視線を後藤に向けた。

「どういう意味だよ」

「言葉通りです」

「このガキ……」

後藤は舌打ちを返す。

一息ついたところでドアが開いた。

「後藤さん」

部屋に入って来たのは、晴香だった。

コンビニの袋をぶら提げている。

「おう。久しぶりだな」

「元気そうですね」

晴香は、笑みを浮かべながら後藤の隣の椅子に座った。

「そうでもねぇよ」

後藤は、ぼやいて頬杖《ほおづえ》をついた。

「何か事件ですか？」

「晴香ちゃんこそ、どうしたんだ？」

「実は、ちょっとトラブルがあって……」

晴香はちらりと八雲を見た。当の八雲は資料に集中しているらしく、顔を上げようともしない。

「トラブルって、心霊がらみか？」

後藤が訊ねると、晴香がうなずいた。

「いつわりの樹って知ってます？」

「ああ。神社にあるやつだろ」

望月利樹が殺害された場所だ。

「友だちが、そこで女性の幽霊にとり憑《つ》かれたんです」

「いつだ？」

「昨日です」

——なるほど。

色々なことに合点がいった。

八雲は、晴香からの依頼を調査していて、あの神社に顔を出した。

同じ場所で、同じ日に起きた殺人事件と心霊現象——八雲が関連付けて考えるのも頷《うなず》ける。

「やっぱり、晴香ちゃんだったか」

「やっぱりって、どういう意味ですか？」

晴香が、ふて腐れて頬を膨らます。

──トラブルメーカー。

八雲は晴香をそう揶揄《やゆ》する。彼女は、その人の好《よ》さから、手当たり次第にトラブルを拾ってきてしまうからだ。

的を射ている指摘だが、晴香はいたくそのことを気にしている。

面倒に巻き込むのではなく、八雲を支える存在でありたいと思っているのだ。

──健気《けなげ》なことだ。

「何でもねぇ、気にするな」

後藤が、肩をすくめたところで八雲が顔を上げた。

「少しは、静かにできないんですか?」

不服そうに言ったあと、八雲はガリガリと寝グセだらけの髪をかいた。腹の立つ物言いだが、いちいち気にしていたら八雲とは付き合えない。

「ああ、悪かったよ」

「分かればよろしい」

八雲が鷹揚《おうよう》に言う。

むかついたが、ここは我慢のときだ。

「それで、何か分かったのか?」

後藤が訊ねると、八雲は晴香に視線を向けた。

「その前に、腹ごしらえだ」

「そうだった。はい」

晴香はコンビニの袋をテーブルの上に置いた。

八雲は、無造作に手を突っ込み、中からおにぎりとペットボトルのお茶を取り出した。

「後藤さんも食べます？」

「悪いな」

丁度、腹が減っていた。晴香に促され、おにぎりを一つ頂戴《ちょうだい》することにした。

「で、どうなんだ？」

後藤は、おにぎりを頬張りながら、改めて八雲にたずねた。

「君の友だちに憑いている霊は、おそらくこの資料にある小坂由香里さんという女性に、間違いない」

八雲は、資料の中にあった写真をテーブルの上に置いた。

「どういう人なの？」

晴香が写真を覗《のぞ》き込むようにして見る。

小坂由香里は、痩《や》せ形で、神経質そうな顔をしているが、美人の部類に入るだろう。

「十年前に、あの神社の石段から、転落死した女だ」

後藤が答えると、晴香が口に手を当てて目を丸くした。

「転落死……」

「だが、何で事故で死んだ女が、晴香ちゃんの友だちにとり憑いたりしたんだ？」

後藤には、それが分からなかった。

「原因は、私にも分かりません。ただ、とり憑いた魂は、同じことを繰り返しています」

「何だ？」

「殺してやる――」

晴香の答えを聞き、後藤は背筋がゾッとした。

「いったい誰を殺そうってんだ？」

後藤がたずねると、八雲が左の眉《まゆ》をぐいっと吊《つ》り上げた。

「それが分かれば苦労はしません」

「そりゃそうだ」

「誰を――ということより、なぜ――という疑問を先に片付けた方がいいかもしれませんね」

「なるほど」

確かに八雲の言う通りだ。

誰かを殺したいほどに憎むからには、相応の理由があるはずだ。それが分かれば、相手が誰かということも、自《おの》ずと見えてくるだろう。

「で、心当たりはあるのか？」

後藤が訊ねると、八雲がしかめっ面をした。

「これは、あくまで推測でしかありませんが……」

「十年前の転落死が、事故ではなく、殺人だったとしたら?」

「何だ?」

「バカ言うな!」

後藤は思わず声を荒げた。

「デカイ声を出さないで下さい」

八雲が耳に指を突っ込み、うるさいとアピールする。

「ごちゃごちゃ言うな。警察だってバカじゃない。何の根拠もなく事故だって断定するはずねぇだろ」

「資料に目を通しましたが、警察が事故だと断定しているのは、殺人であるという証拠が見つからなかったからです」

「ぐっ……」

後藤は反論できなかった。八雲の言う通りだったからだ。

警察は、当初、殺人の可能性もありということで捜査を進めていた。だが、それを裏付ける証拠が見つからなかった。

つまり、消極的に事故という結論を出したのだ。

「もし、小坂由香里さんが、誰かに殺害されたのだとすると、十年経った今でも、強い憎しみを抱きながら現世を彷徨《さまよ》っているのも頷けます」

「殺されたことに対する恨み……」

晴香が、胸に手を当てて苦しそうに言った。

八雲が頷く。

「だが、いったい誰が、何のために殺したっていうんだ？」

「分かりません。さっきも言いましたが、小坂由香里さんが殺されたというのは、あくまで、ぼくの推測に過ぎませんから」

「そりゃそうだが……」

八雲は推測だと言うが、後藤にはそれが真実であるように思えた。

小坂由香里は、何者かに殺され、その恨みを晴らすために現世を彷徨い、晴香の友人にとり憑いた——。

考えを巡らせたところで、ふと我に返り「あ！」と声を上げた。

本来の目的を忘れていることに気付いたからだ。

後藤は何も、晴香の友人を助けるために十年前の事故を調べたわけではない。八雲が望月殺害事件と関係があるかもしれない——と言うから調べたのだ。

「それで、十年前に死んだ小坂由香里と、今回の望月の殺害事件が、どうつながるんだ？」

「後藤さん。文字は読めますよね」

八雲が、汚いものでも見るような視線を後藤に向ける。

「バカにしてんのか！」

「正解」

八雲が手を叩《たた》いた。

「このガキ！　殴られてぇのか？」

「すぐに暴力に訴える。野蛮なクマですね」

「誰がクマだ」

「後藤さん以外に、誰がいるんですか」

「いい加減にしねぇと、本当にぶっ飛ばすぞ！」

怒鳴ってはみたものの、八雲には効き目なし。大口を開けてあくびをしている。

その横で、晴香が声を押し殺して笑っていた。

ここまですかされると、気持ちが萎《な》える。

「それで、どういうことか説明しろ」

後藤が話を戻すと、八雲が少しだけ目を細めた。

「小坂由香里さんの経歴を見て、何も気付きませんか？」

「あん？」

後藤は、八雲から資料を奪い取り、穴が空くほどに目を凝らす。

だが、いくらそうしたところで分からない。

「さっさと教えろ」

後藤は、資料をテーブルの上に放り投げた。

「それが他人《ひと》にものを頼むときの態度ですか？」

八雲が頬杖《ほおづえ》をつく。

「もったいぶるな」

後藤が言うと、八雲は心底呆《あき》れたように首を振った。

「もったいぶってるわけじゃありません。ぼくは、大人としての対応を求めているだけです」

「ああ、もう。分かったよ。お願いします。教えて下さい」

半ば自棄《やけ》になりながら言う。

「態度が悪いですが、まあいいでしょう」

八雲は、肩をすくめてみせた。

一発ぶん殴ってやりたいところだが、ここで八雲にヘソを曲げられては、先に進まなくなる。

後藤は、深呼吸をして感情を抑え込んだ。

「で、どういうことなの？」

晴香が先を促す。

「そうだ。早く教えろ」

「十年前に死んだ、小坂由香里さんと、今回殺害された望月さんは、生まれ年が一緒です」

「何？」

後藤は、慌てて資料を見返した。

確かに八雲の言う通り、同じ年に生まれている。

「ついでに、学校も同じでした」

「なっ！」

資料にある小坂由香里の経歴を目で追う。

――海成《かいせい》高校普通科。

確かに望月と由香里は同じ学校に在籍していた。

「二人は、顔見知りだったってことか……」

「おそらく」

「何てことだ……」

後藤は、みるみる血の気が引いていくようだった。偶然と言ってしまえばそれまでだが、後藤にはそうは思えなかった。

二つの事件はつながっている――その思いが強くなっていった。

6

辺りはすっかり暗くなっている。

石井は、駅前の商店街をとぼとぼと歩いていた。

後藤には、色々と指示をされたが、何から手をつけていいのか分からない——というより、何もする気になれなかった。

まだ、現実を受け止めきれていない。

「石井さん」

石井が深いため息を吐いたところで、声をかけられた。

振り返ると、土方《ひじかた》真琴《まこと》が息を切らせながら走ってくるところだった。

グレイのパンツスーツ姿で、目鼻立ちのはっきりした凛々《りり》しい顔立ちの女性だ。どういうわけか、真琴は石井には優しい。だが、石井は真琴を苦手としていた。

彼女が悪いわけではない。ただ、出会った状況がよくなかった。

石井が、初めて真琴に出会ったとき、彼女は死者の魂にとり憑《つ》かれていた。

今はすっかり元通りなのだが、目を剝《む》き出し「殺してやる」と叫んだあの姿が、未だに石井の脳裏にフラッシュバックするのだ。

「ま、真琴さん……」

石井は、引き攣《つ》った笑顔で真琴を迎えた。

「今日は、お一人なんですね」

「え、あ、はい……」

後藤のことを言っているのだろう。

コンビで動いていないことを、咎《とが》められたような気がして、しどろもどろになってしまう。

「何かあったんですか？」

真琴が石井の顔を覗《のぞ》き込みながら訊《たず》ねてきた。

「え？」

「浮かない顔してます」

「そ、そんなことないです」

「嘘ですね」

「いや、私は、そんな……」

「隠してもダメです。顔に書いてありますよ」

石井は、慌てて自分の顔を触る。

その様子を見て、真琴が楽しそうに笑った。石井は、苦笑いでそれに応《こた》える。

「そうだ、石井さん。ちょっと時間あります？」

真琴が、パンと手を打った。

「いや、その……あるといえば、ありますし、無いといえば、無いというか……」

「じゃあ、ちょっとお茶でもしませんか？」

「え、でも……」

「いいじゃないですか。少しくらい息抜きは必要ですよ」

「しかし……」

迷っている石井を余所《よそ》に、真琴はニッコリ笑ってから、スタスタと近くの喫茶店に向かって歩き始めた。

石井は、まるで引き摺《ず》られるように、その後に続く。

最初の頃は、真琴に対して、しとやかな女性というイメージを持っていたが、最近は、それも変わりつつあった。

石井とは正反対で、決断が早く、アクティブな一面をもっている。

喫茶店の扉を開けると、カランと鐘が鳴った。

薄暗く、細長い店内で、入って左側がカウンター、右側に四角いテーブル席が並んでいた。

「ここでいいですか？」

「は、はい」

石井は、真琴に促され、テーブル席に着く。

壁に大きな振り子時計が掛けてあった。壊れているのか、時計の針は見当違いの時間で止まり、振り子はもう動いていない。

それを見て、眠らせていた記憶が、再び首をもたげる。

——前にも、この店に来たことがある。

高校生のときだ。ちょうど、この席だった。あのときは、まだ時計が動いていた。

向かいの席には、望月がいた。

彼は言った。

――お前に頼みがある。

ズキッとこめかみが痛んだ。

――嫌だ。嫌だ。嫌だ。思い出したくない。

「大丈夫ですか？」

真琴に声をかけられた。

「はい。何でもないです」

石井は、頭を振った。

学生のバイトらしい茶髪のウェイターが、注文を取りに来た。真琴が珈琲《コーヒー》を注文したので、石井も同じものを頼んだ。

運ばれて来た珈琲を一口すすったところで、少しだけ気持ちが楽になった。

ふと顔を上げると、真琴がまじまじと石井の顔を見ていた。

超がつくほどの奥手である石井にとって、女性に見つめられる経験は、皆無といっていい。どう対応していいか分からず、意味もなくスプーンで珈琲をかきまぜた。

「で、何があったんですか？」

真琴の言葉に、石井はピタリと手を止めた。

どうやら真琴は、石井の相談に乗ろうとしているようだ。

「いえ、私は何も……」

「隠さないで下さい」

「いや……」

「石井さん、嘘がつけない人だから」

「そうですか？」

心の底を見透かされているようで、何だか落ち着かない気持ちになる。

「私で良かったら、話して下さい。といっても、聞くことくらいしかできませんけど」

真琴が肩をすくめてみせた。

「いや、しかし……」

真琴の気持ちはありがたいが、おいそれと事件にかかわる情報を話すわけにはいかない。

それに、石井自身、なぜこれほどまでに動揺しているのか分からないでいた。自分に分からない気持ちを、他人に説明できるはずもない。

気まずい沈黙が流れた。

「きっと、例の神社の事件ですね」

真琴がさらりと言った言葉に、石井は肝を冷やした。

「は？」

「被害者の男性は、石井さんの同級生だったんですよね」

「な、なぜそれを……」

石井が驚愕《きょうがく》の表情で顔を上げると、真琴は楽しそうに笑ってみせた。

「私、一応新聞記者ですから、これくらいの情報は持ってます」

「あ、そうでしたか……」

石井は、納得しながら額の汗を拭《ぬぐ》った。

「親しかったんですか？」

「はい？」

質問の意味が分からずに聞き返す。

「被害者の男性」

「私は……それほど親しくはありませんでした……」

石井は苦笑いとともに答えた。

じっとしているだけなのに、心臓がバクバクと音を立て、息が苦しかった。

「そうですか」

真琴は、返事をしたものの、困ったように眉《まゆ》を下げる。

どうにも居心地の悪い空気から逃れるように、石井は珈琲を一気に飲み干した。

「石井さんの高校時代って、どんなだったんですか？」

真琴にたずねられ、ドキッとする。

どうと言われても困る。話すようなことは、何もない。いや、本当はいろいろとあった。

だが、それは話したくないことだ。

話せば、痛みとともに、心が軋《きし》んでしまう。

「ふ、普通です。真琴さんは、どうだったんですか?」

石井は話の矛先を逸らそうと、逆に質問した。

「私は……根暗な学生でした」

「そんな風には見えませんけど」

石井の正直な気持ちだった。

真琴は普段から、面倒見が良く、姐御肌《あねごはだ》な印象がある。おそらく、高校時代も同じで、好かれていただろうと勝手に想像していた。

「父親が警察官でしたから、結構敬遠されてしまうんです」

「ああ……」

真琴の父親は、現在はわけあって辞職しているが、かつては警察署長だった。

思春期の頃は、本人の意思とは関係なく、親の肩書き云々《うんぬん》だけで、攻撃の対象になることがある。

「だから、小さい頃から、友だちはほとんどいなくて、本ばかり読んでました。それに、人と話すのが苦手で、ほとんど誰とも話さなかったですね」

「そうだったんですか……」

真琴の話を疑っているわけではない。だが、現在の姿と、あまりにギャップがあって、どこか現実みがなかった。

「影が薄かったから、クラスメイトからは、幽霊なんて呼ばれてイジメられた時期もありました。みんなが、私に近づくと呪われるって……」

真琴は、ふっと表情を緩めたが、瞳《ひとみ》の奥には、暗い影が刻まれ、何とも哀しげに見えた。

「真琴さん……」

「みんな、私が近づくと、息を止めて走って逃げるんです」

「なっ……」

それは、陰湿極まりないイジメだ。

人を人と思わぬ、卑劣な行為に他ならない。それをされた人が、どんなに傷つき、悲しむかを、まるで分かっていない。

石井の腹の底から、ふつふつと怒りが湧いてくる。

「学校に行ったら、机の上に、塩が盛られていたこともありました」

「何て酷い！」

堪《たま》りかねた石井は、思わず声を上げた。

真琴は、少し驚いたように目を丸くしていたが、やがて穏やかな笑みを浮かべた。

「石井さん。やっぱり優しい人ですね」

真琴の言葉は柔らかく、石井の中にあった怒りを、包み込んでいくようだった。

何だか、妙に気恥ずかしくなり、「いえ、別に……」と思わず目を背けた。

「いいえ。石井さんは、優しいです。他人《ひと》の痛みが分かる人です」

真琴が石井の顔を覗《のぞ》き込んでくる。

彼女の見解は間違っている。他人の痛みが分かるのではなく、イジメに遭った側の心の痛みを知っているだけだ。

「辛《つら》くなかったですか？」

石井が訊《たず》ねると、真琴は微笑んでみせた。

「そうですね……あのときは辛かったです。でも……」

「何です？」

「今では、いい経験です」

「いい経験？」

なぜ、そんな発想ができるのか、石井にはまるで理解できなかった。

「学生時代の経験があるから、今の自分があるんです」

「どういうことです？」

「あのとき、自分が誰かをイジメる側だったとしたら、今とは違う人生になっていたと思うんです」

「そういうものですか？」

「はい。きっと、新聞社には入っていないですし、石井さんに会うこともなかったと思うんです」

「達観してますね」

石井には、そんな風に考えることができない。

「私が、そんな風に思えるようになったのは、ある小説に出会ったからなんです」

「小説？」

「はい。『巌窟王《がんくつおう》』って読んだことありますか？」

「復讐《ふくしゅう》の話ですよね。確か」

読んだことはないが、何年か前に「巌窟王」を原案に、アニメ化された作品を観たことがあったので、大筋は知っている。

無実の罪で投獄された男が、絶望から這《は》い上がり、復讐するという内容だ。

「その中に、こんな一節があります。――きわめて大きな不幸を経験したもののみ、きわめて大きな幸福を感じることができるのです。生きることのいかに楽しいかを知るためには、一度死を思ってみることが必要です――」

「なるほど」

石井は声を上げた。

不幸を経験しないと、幸せを実感することはできない。確かに、そういう側面はあるかもしれない。

「何だか、恥ずかしいですね」

真琴が照れ臭そうに笑ったあと、珈琲《コーヒー》を一口飲んだ。

彼女も、安穏と生きてきたわけではなく、様々な悩みや葛藤《かっとう》を抱えていたのだ――そんな当たり前のことを知るに至り、石井は妙な親近感を覚えていた。

「今度は、石井さんの番ですよ」

「はい？」

「どんな学生だったんですか？」

「いや、私は、話すようなことは何も……」

言いかけたところで、柱時計が目に入った。

その途端、急速に記憶が十年の時を遡《さかのぼ》る。

——メガネザル。

耳の裏で声が聞こえた。

目の前にいるのは、真琴のはずなのに、なぜか望月の顔が浮かんだ。

蛇のように、陰湿な目で石井を睨《ね》め回している。

——違う。

石井は、ぎゅっと拳《こぶし》を握った。

頭に血が上る。

——おい、メガネザル。肩揉《も》めよ。

——メガネザル。ジュース買って来い。

——何でメガネザルが服着てんだよ。脱げ。脱いで踊れ。

石井は、耳を塞《ふさ》いだが、次から次へと言葉が流れ込んで来る。

――メガネザル。お前は、今日からおれの奴隷な。

息が詰まる。

流れ出した汗が止まらない。

――嫌だ。嫌だ。嫌だ。

「嫌だ！」

石井は声を上げ、必死に首を振る。

暗く深い穴の中に、真っ逆さまに落ちていくようだった。

「石井さん」

真琴の呼びかけに、目を開いて顔を上げた。

真琴が心配そうに石井を覗き込みながら、手を握ってくれていた。

「真琴さん……」

「大丈夫ですか？」

真琴の指の感触が、石井の崩壊しかけた理性を、繋《つな》ぎ止めてくれているようだった。

「あ、はい」

「ごめんなさい。私、嫌なことをきいてしまいましたね」

「いえ……私はただ……」

石井は大きく深呼吸をした。

――自分は、真琴のように考えられない。

それを改めて痛感した。

あれを、いい経験などとは口が裂けても言えない。

心に負った傷は、何年たっても癒《いや》されるものではない。ずっと怯《おび》え、逃げ続けなければならない。

だから、今でも望月を――許せない。

「今日は、失礼します」

石井は、真琴に一礼すると、逃げるように立ち上がり、喫茶店を出て行った。

7

「分からねぇな」

後藤は、顎《あご》をさすりながら唸《うな》った。

さっきの八雲の説明で、望月と、十年前に神社の石段から転落死した由香里が同級生であったことは分かった。

だが、後藤が抱えている問題は、もっと別のところにある。

「何が、分からないんです？」

晴香が不思議そうに首を傾げる。

「おれが知りたいのは、誰が嘘をついているかってことだ」

「嘘？」

そういえば、彼女には今回の事件のあらましを話していなかった。

後藤は、昨晩、神社で起きたことを晴香に説明した。

今回の事件は、容疑者である松田と、目撃者である優子、そして被害者である望月の証言が、それぞれ異なっている。

微妙にズレた証言は、全体像を歪《ゆが》め、真実を覆い隠してしまっているのだ。

「そんなことが……」

後藤の説明を聞き終えると、晴香は驚きの混じった声を上げた。

後藤は答えを求めて、八雲に目を向ける。

八雲は、相変わらずの寝ぼけ眼で、ガリガリと寝グセだらけの髪をかき回している。

「で、どうなんだ？」

後藤が、改めてたずねると、八雲がとても嫌そうな顔をした。

「どうもこうもないでしょ」

「は？」

「今の段階で、特定の誰かの証言が、真実だと決めつけてしまうのは、危険だと言っているんです」

八雲は、いつもこういう曖昧《あいまい》な言い回しをする。

「分かるように言え」

「そもそも、彼らは嘘をついているんですか？」

思いもかけない質問に、後藤は一瞬戸惑ってしまう。だが――。

「誰かが嘘をついていなきゃ、辻褄《つじつま》が合わないだろ」

興奮気味に言う後藤に対して、八雲はひどく冷たい目をしていた。

「そうとも限りません」

「何？」

「後藤さんは、どうしようもないアホですね」

「何だと？」

「身体ばかり無駄に大きい、役立たずです」

八雲が、小バカにしたような笑いを浮かべた。

「ぶっ殺すぞ！」

後藤は、腰を浮かせて拳を振り上げた。

八雲はその姿を見て、満足そうに頷《うなず》いてみせる。

「後藤さんは、今、ぼくに殺意を抱きましたか？」

――は？

改めて、そんなことをきかれるとは思ってもみなかった。

今まで、八雲に何度か「ぶん殴る」とか「殺す」といった発言をしたことはあるが、それを実行に移したことはない。当然だ。

八雲とのこうしたやり取りは、一種の言葉遊びみたいなものだ。

「そんなわけねぇだろ」

後藤が否定すると、八雲はニヤリと笑う。

――何がおかしい？

「後藤さんが、そのつもりがなくても、他の人はどう思うでしょう？」

「そうか！」

八雲の言っている意味が分かったらしく、晴香が声を上げた。

だが、後藤には分からない。

「どういうことだ？」

「今の状況を、別の角度から説明すると、刑事課の刑事が、大学の学生の暴言に腹を立て、『ぶっ殺すぞ！』と拳を振り上げて脅した――となるんです。もし、ぼくが警察に訴えたら、脅迫罪になるかもしれませんね」

「屁理屈《へりくつ》を……」

後藤は、ギリギリと奥歯を噛《か》む。

「屁理屈ではありません。後藤さんが、『ぶっ殺すぞ！』と言ったのは事実です」

「そりゃそうだが……」

「ぼくは、それに恐怖を感じませんでしたが、中には刑事にそんなことを言われたら、震え上がる人もいるでしょう」

「恐怖ねぇ……」

後藤は、自らの握り拳《こぶし》に目を向けた。

何となくではあるが、八雲の言わんとしていることが分かってきた。

「つまり、後藤さんが脅したつもりはなくても、そう感じてしまう人もいるんです」

「そりゃそうだが、今回のこととは、関係ないだろ」

「あるんです」

八雲がきっぱりと言う。

「どういう意味だ？」

「さっきの例のように、ものの見方によって、その内容は変わってしまいます。しかし、それが嘘か——と言われると、そうではありません」

「そういうことか……」

後藤にも、ようやく合点がいった。

証言のズレは嘘ではなく、ものの見方の違いである可能性もある——と言いたいのだろう。

確かに、そういう側面はあるかもしれない。

「何か、難しい話だね」

晴香が眉《まゆ》を寄せ、頬杖《ほおづえ》をついた。

「難しくはないさ。そういう見解の相違から、様々な事件が起きている」

「そうだな」

後藤は同意した。

今回のことに限らず、八雲の言うように、認識の違いから発生する事件は意外と多い。

ストーカーなどは、最たるものだ。

被害に遭う者からしてみれば、身の危険を感じる恐怖に他ならないのだが、やっている方からすれば、純粋な愛情表現だったりする。

「それに、証言の中の嘘を見極めたいのなら、誰が？　ではなく、どこが？　を見極めた方がいい」

八雲は、ゆっくりと口にすると、遠くを見るように目を細めた。

「犯行現場のことか？」

後藤が訊《たず》ねると、八雲が呆《あき》れたように鼻を鳴らした。

「本物のバカですね」

「何？」

「誰かが、嘘を吐いていたとしても、その人の証言全てが嘘だとは限らないでしょ」

後藤にも、ようやく理解できた。

「で、どうすれば、それを見極められるんだ？」

「それが分かったら、誰も苦労しません」

八雲が、ピシャリと言った。

——そりゃそうだ。

8

石井は、殺人事件の起きた神社に立っていた。

いつわりの樹の脇に、人型が描かれていた。

血溜《ちだ》まりが、生々しく残っている。

黒い鳥が、不気味な鳴き声を上げながら飛び立った。

自宅に帰ったはずなのに、なぜここにいるのか分からなかった。とにかく帰ろう。石井は、ゆっくりと歩き出した。

「メガネザル」

石井の背後で声がした。

聞こえないふりをした。理由は自分でも分からないが、ふり返ってはいけない気がした。

だが、声の主はそのまま見過ごしてくれるほど甘くはなかった。

ドンと背中を蹴《け》られた。

衝撃で、前のめりに倒れる。つんっとした痛みが鼻を抜ける。

顔を上げると、そこには彼が立っていた。

——望月利樹。

刺し殺されたはずの男。

――なぜ、彼が？

望月は、ブレザーの制服に身を包み、両手をポケットに突っ込んだまま、ニヤニヤと笑っている。

彼は、笑うとき、八重歯が覗《のぞ》き、小鼻がひくひくと動く。

嫌な笑いだ。石井は昔から、望月のこの笑い方が嫌いだった――。

「何だよ。その目は」

望月が、石井の腹を蹴った。

痛みで身体をくの字に曲げる。間髪を入れず、石井の髪を鷲《わし》づかみにする。

ぶちぶちと音をたてて、何本も髪が抜けた。

だが、そんなことはお構いなしに、望月は石井の頭を杉の木に押しつける。

ゴンと鈍い音がした。

「お前さ、メガネザルのクセにおれに逆らうなんて、百年早いんだよ」

「わ、私は……」

自然と声が震えてしまう。

「あ！」

望月が、驚いたような声を上げて、石井から手を離した。

見ると、望月の制服の襟に、血が付いていた。

石井が鼻に手を当てると、ぬるぬると湿った感触があった。鼻血が出ているらしい。

「お前さ。どうしてくれんだよ。汚れただろ」

望月が、舌打ちしながら睨《にら》む。

鼻血が出たのは、石井のせいではない。望月が蹴り、倒れて鼻をぶつけたからだ。だが、そんな理屈が通る相手ではない。

「ご、ごめん」

石井は、屈辱を噛み締めながら答えた。

その途端、尻《しり》を蹴られた。

「なにタメ口きいてんだよ」

彼とは、同級生のはずだ。だが、絶対的な力関係が存在する。

先輩と後輩――いや、それ以上のものだ。おそらく、彼は石井のことを奴隷くらいにしか思っていないだろう。

「ご、ごめんなさい」

「お前さ、そんな謝り方で、許してもらえると思ってんの？」

「え？」

「跪《ひざまず》けよ。土下座だよ。土下座」

「わ、私は何もして……」

石井の言葉を遮るように、張り手が飛んだ。

かない。

「口ごたえすんじゃねぇよ！　死にてぇのか？」

望月の鋭い視線に射貫《いぬ》かれ、石井は抵抗する意志を失った。

反撃することなどできない。そうすれば、何倍にもなって返ってくる。ただ、耐えるしかない。

そんな不甲斐《ふがい》ない自分が、嫌で嫌でたまらない。だが、それが現実なのだ。

「申し訳ありませんでした」

石井はその場に跪き、頭を下げた。

屈辱に耐える石井の耳に、笑い声が聞こえた。

嘲《あざけ》るような、嫌な笑い声――。

石井は、少しだけ顔を上げた。

声の主は、彼女だった。

望月の隣に立ち、檻《おり》の中の動物でも見るような目を向けている。

「明日、クリーニング代として、一万円な」

望月は、そう言い残すと、彼女と一緒に歩き去って行った。

その背中を見送る石井の胸の奥で、鬱積《うっせき》していた感情が爆《は》ぜる。

「殺してやる……」

拳を握りしめた石井は、小さく呟《つぶや》いた。

――殺してやる。殺してやる。殺してやる。

心の中で繰り返されるその呪文の言葉は、次第に増長し、遂《つい》には叫びとなって石井の口から吐き出された。

「殺してやる！」

それと同時に、歩いていた望月と彼女が、深い闇の中に転落していく。

一瞬、目の前がブラックアウトする。

次に視界が開けたときには、足許《あしもと》に、望月が倒れていた。

生気の無い目で、虚空を見つめていた。その胸には、墓標のようにナイフが突き立てられ、おびただしい量の血が流れ出している。

――何だこれは？

石井は、自分の両手に目をやった。

なぜか真っ赤に染まっていた。

「あなたよ……」

女の声がした。

石井は驚きで飛び跳ねる。怖いと思いながらも、ゆっくりと振り返る。

そこに、彼女が立っていた。

左の側頭部が陥没して、顔が血で真っ赤に染まっている。

「ひっ……」

石井は逃げ出そうと走り出す。

だが、望月の遺体に躓《つまず》いて転んでしまう。

彼女が、石井の耳許で囁《ささや》いた。

「あなたが殺したの」

「違う……」

石井は、耳を塞《ふさ》いだ。

だが、それでも彼女の声が聞こえて来る。

「あなたが殺したの」

「違う。違う。違う」

「あなたが……」

「違う！」

石井は、自らの叫び声で目を覚ました。

汗で、身体がぐっしょりと濡《ぬ》れていた。乱れた呼吸を整えるのに、ずいぶんと時間がかかった。

——夢か。

しばらくして、石井はさっき自分が見ていたものが夢であったことを自覚した。

——だが、あれは本当に夢だったのか？

あまりにリアルな感触に石井は頭を抱えた。

答えなど出ない。いや、出す必要がないことだ。自らに言い聞かせて立ち上がった。

カーテンを開けると、澱《よど》んだ空が広がっていた。

――何か嫌なことが起きる。

そんな予感が、石井の心を支配していた。

9

後藤は、朝一番で、優子が勤務していた病院に足を運んだ。

彼女の職場での勤務態度について、確認するためだ。

「あの……」

正面玄関を入ったところで、隣を歩く石井が、不安げな声を上げた。

普段から、オドオドしている石井だが、今日はいつにも増して、何かに怯《おび》えているように見える。顔色もあまりよくない。

「何だ？」

「アポイントも取らずに、大丈夫でしょうか？」

「聞き込みに、いちいちアポなんて取ってたら、捜査が進まねぇだろ」

後藤は、石井の脳天に拳骨《げんこつ》を落とした。

だいたい、事前連絡をして聞き込みなんかしたら、相手が身構えてしまって、情報を引き出すことも難しくなる。

「す、すみません」

石井は、情けない表情で頭をさすっている。

この調子では、いつまで経っても一人立ちはできないだろう。

後藤は、ため息をつきながら、受付に顔を出した。

「番号札をお取り下さい」

受付の中年女性が、後藤の顔も見ずに口にする。

「診察で来たんじゃねぇんだ」

後藤が警察手帳を呈示すると、ようやく女性が顔を上げた。

「どういったご用でしょう？」

「箕輪優子って看護師がいただろ。彼女のことについて訊きたい。直属の上司だった人間を教えてほしいんだが」

「少々お待ち下さい」

女性は早口に言うと、奥に引っ込んでいった。

しばらくして戻って来た彼女は、小児病棟のある別館のナースステーションに、笹本《ささもと》という看護師長がいるので、彼女にきいてほしいといった。

「行くぞ」

後藤は石井に声をかけ、別館へと向かった。

廊下を歩きながら窓の外に目を向けた。厚い雲が空を覆っていて、今にも雨が降り出しそうだ。

「あ！」

突然、石井が声を上げた。

後藤は、不覚にも驚いてしまう。

「何だよ」

「あ、いえ……何でもありません……」

石井は、逃げるように視線を逸らした。

どうせ石井のことだから、大したことでもないのに、無駄に驚いたのだろう。後藤は、それ以上は追及せず、歩みを進めた。

別館の二階にあるナースステーションの前まで行くと、四十代半ばと思われる女性が立っていた。

「あの、警察の方ですか？」

彼女は、後藤を見るなり声をかけてきた。

「あんたが、笹本か？」

後藤がたずねると、彼女は頷《うなず》いた。

受付から連絡をもらい、後藤たちの到着を待っていたらしい。根回しが良くて助かる。

「あの、よろしければ、こちらに」

笹本は、遠慮がちに、後藤と石井をナースステーションの隣にある、ミーティングルームに入るように促した。

他の人間に、聞かせたくない話があるのか、あるいは、刑事が来ていることが入院患者に知られ、余計な混乱を招くことを恐れているのか——、まあ、話が聞けるのであれば、場所なんてどこでもいい。

後藤は笹本について、ミーティングルームに入った。

八畳ほどの広さの空間に、簡易ベッドが二つと、四人がけのテーブルが一つ置かれただけの、殺風景な部屋だった。

休憩室として使われているのだろう。

後藤は石井と並んで座り、その向かいに笹本が腰かけた。

「今日は、箕輪優子の件で来たんだ」

後藤が切り出すと、笹本は沈痛な面持ちになった。

「婚約したばかりなのに、あんなことになるなんて……本当にかわいそうで……」

笹本の口は重かった。

心の底から気の毒に思っているのが分かる。

「彼女は、今回の結婚を望んでいたのか？」

「もちろんです」

後藤の質問に、笹本は怒ったような表情になった。

なぜ、そんなことを訊《き》くのか、理解できないといった感じだ。

「婚約を機に退職しました。事件の三日ほど前です」

「専業主婦になるってことか？」

「そこまでは分かりません」

「あまり、仕事熱心ではなかったようだな」

「そんなことありません」

笹本が首を振る。

「だけど、辞めるつもりだったんだろ」

「それと、これとは話が別です。彼女は、とても仕事熱心でした。小児病棟は、一般と違って、患者が子どもですから、生半可な気持ちでは勤まらないんです」

笹本は、熱っぽく語る。

優子の仕事を褒めるというより、自らの仕事に誇りをもっている故だろう。

「あの……優子さんは、小児病棟だったんですね」

さっきまで黙っていた石井が、口を開いた。

「ええ。そうです」

意味ありげな訊《たず》ね方をしたので、何かあると思ったのだが、石井は「うーん」と唸《うな》ったきり、黙ってしまった。

――分からねぇ奴だ。

後藤は質問を続ける。

「箕輪優子に、何か変わった様子はなかったのか？」

「いえ……」

すぐに否定した笹本だったが、その表情はどこかぎこちない。

──何かある。

後藤は直感した。

「どんな些細《ささい》なことでもいい。知ってることを教えてくれ」

後藤は身を乗り出し、じっと笹本を見つめた。

眼力に負けたのか、笹本が視線を逸らして語り始めた。

「実は、気になることが……」

「何だ？」

後藤が促すと、笹本は顎《あご》を引いて、困ったように眉《まゆ》を歪《ゆが》めた。言いかけたものの、話すべきかどうか、まだ迷いがあるようだった。

「どんな些細なことでもいい」

後藤が、再び促す。

「事件とは、関係ないと思うんですが……」

笹本は、慎重に前置きをする。

「構わない」

「最近、彼女の様子がちょっとおかしかったんです」

「おかしい？」

「勤務態度は、基本的に真面目で、患者さんからの評判もよかったんですけど……ときどき集中力を欠いていたというか、何というか……」

笹本の説明は曖昧《あいまい》で要点を得ない。

「具体的に話せ」

後藤は苛立《いらだ》ちを抑えて言う。

「実は、このところ、ぼうっとしていることが多くなっていたんです」

「結婚前は、そういうことがあるんじゃないのか？」

マリッジブルーというのは、よく聞く話だ。

優子も、そうだったと考えれば、何も不思議なことではない。

「私も、最初はそう思ったんですけど、それにしては、変なんです」

「変？」

「はい。声をかけても返事がなかったり、廊下で立ち尽くしていたり……」

「確かに、集中力を欠いているな」

「ええ。でも、それだけじゃないんです」

「まだあるのか？」

「一週間ほど前ですけど、薬剤庫に入ったら、優子さんがいたんです。電気も点《つ》けずに、真っ暗な中で、一人ですよ」

「それは……」

──不気味だ。

後藤は、喉《のど》を鳴らして唾《つば》を飲み込んだ。

「声をかけようとしたんですけど、彼女、一人でぶつぶつ話をしているんです」

「話？」

「ええ。何を言っているのかは、よく分かりませんでしたけど、まるで、目の前に誰かいるみたいで……」

「どういうことだ？」

「分かりません。とにかく、私は心配になって彼女に近づいたんです。そしたら……」

笹本が、そこまで言ってカッと目を見開いた。

「ひぃぃ！」

それに驚いて、石井が情けない声を上げる。

つい、隣にいたことさえ忘れていただけに、驚いてしまう。

「黙ってろ」

後藤は、石井に拳骨《げんこつ》を落としてから、笹本に話の続きを促した。

「優子さんに近づいて、声をかけたんです。そしたら、急に悲鳴を上げて……」

笹本の声は、押し殺したようになった。

「どうなった？」

「意識を失ったみたいに、倒れてしまったんです」

「倒れた？」

「ええ」

「何かの病気なのか？」

「それが、一応先生に看てもらったんですけど、身体には異常がなくて……おそらくは、精神的なものだろうって……」

「それで？」

「優子さんに、カウンセリングを受けるように勧めたんですけど、こういうのって、本人の意思がないと、どうにもならないので……」

笹本は、小さく首を振った。

「そういうことは、何度もあったのか？」

「倒れたのは、私の知る限り、その一回だけでした。でも、彼女の様子がおかしいのは、他の看護師たちの間でも、噂になっていました」

――なるほど。

事件と直接の関連があるかどうかは分からないが、優子の様子が不自然だったのは確かなようだ。

「いろいろと参考になった」

後藤は、腰を上げて石井と一緒に休憩室を出た。

10

「おはよう」

晴香は、八雲を訪ねて〈映画研究同好会〉のドアを開けた。

——あれ？

定位置にある椅子に、八雲の姿はなかった。

「いないの？」

声を上げながら見回すと、部屋の隅にある寝袋がモゾモゾと動いた。

——まるで芋虫だ。

「八雲君」

晴香は、寝袋をつんつんと指で押してみた。

寝返りをうっただけで、八雲は目を覚まさなかった。

「ちょっと、八雲君」

晴香が、寝袋を揺さぶると、ようやく八雲が目を覚まし、ガリガリと寝グセだらけの髪をかきながら、身体を起こした。

「何だ。君か」

八雲は、あくびを嚙《か》み殺しながら言う。

寝起きなので、黒い色のコンタクトレンズはしていない。

鮮やかな赤い左眼は、やはり綺麗《きれい》だ。

「何だ——はないでしょ」

八雲は、抗議する晴香を無視して、立ち上がると、冷蔵庫の中から歯ブラシを取り出し、シャカシャカとやり始める。

——なぜ、歯ブラシを冷やす必要がある。

突っ込んでやりたいところだが、止めておいた。どうせ、何だかんだと屁理屈《へりくつ》を捏《こ》ねるに決まってる。

「それで、今日はどうするの？」

晴香は椅子に座りながら訪ねる。

「ほうも、ほうもはい」

口に歯ブラシが入ったまま喋《しゃべ》るので、何を言っているのか分からない。

「終わったらでいいよ」

晴香は頬杖《ほおづえ》を突き、八雲が身支度を終えるのを待つことにした。

しばらくして、八雲が晴香の向かいに座った。

「今、何時だ？」

「え？」

「時間を聞いてるんだ」

「九時半くらいかな」

「もうすぐだな」

八雲は、満足そうに腕組みをしたが、晴香には何のことだか分からない。

「何が、もうすぐなの？」

晴香が訊《たず》ねるのと同時に、ドアをノックする音が聞こえた。

「開いてます」

八雲が応じると、ドアが開いた。

顔を出したのは晴香も知っている人物だった。

「真琴さん」

彼女とは、ある事件をきっかけに知り合い、それ以来、持ちつ持たれつで、様々な事件にかかわっている。

清楚《せいそ》でしとやかな印象のある外見だが、決断が早く、意外と行動派だ。

「晴香ちゃんも一緒だったのね」

真琴が、ニッコリと笑う。

彼女のこういう落ち着いた所作に、晴香は憧《あこが》れてしまう。

晴香は「どうぞ」と、自分の隣に座るように促した。

「それで、どうでした？」

真琴が席に着いたところで、八雲が話を切り出した。

「ええ。頼まれたものは、手に入ったわ。それに、一通りの取材も」

「ありがとうございます」

八雲が素直に礼を言った。

彼は、真琴と石井に対しては、割と素直に応対する。

「そんな、かしこまらないで。お互い様だから」

そう言って、真琴がバッグから出したのは、青い表紙の卒業アルバムだった。〈海成高等学校〉という印字が確認できた。

「何で、卒業アルバムなの？」

晴香が訊ねると、八雲がふうっと短く息を吐いた。

「君は、昨日の話を聞いていなかったのか？」

「バカにしないで」

「だったら分かるだろ」

「分かんない！」

晴香は、強く主張した。

「自分の無能さを、自慢するな」

「別に、自慢なんてしてないでしょ。っていうか、無能じゃないし」

「違うのか？」

「何よ！」

晴香が、声を荒げたところで、真琴が、口を押さえてクスクスと笑い出した。

「相変わらず、仲がいいわね」

「べ、別にそういうわけじゃ……」

冷やかされたような気がして、顔が熱くなった。

八雲に目を向けると、特に気にしている風でもなく、大あくびをしている。

「で、どういうことなの。ちゃんと説明して」

晴香は、気を取り直してから言う。

「君の友だちに憑《つ》いているのは、十年前に神社の石段から転落死した、小坂由香里さんという女性の霊だという話はしたな」

八雲が、腕組みをして、無表情に言う。

「うん」

「で、今になって当時の同級生である望月さんが、同じ神社で殺害された」

「それで、二つの事件は、関連があるかもしれないって思ったのよね」

ここまでは、晴香も理解している。

「そうだ。で、昨晩のうちに、真琴さんに頼んで、当時の卒業アルバムを入手してもらったというわけだ」

八雲が、卒業アルバムをトントンと指で叩《たた》いた。

「そうだったんだ」

「ついでに、幾つか調査も頼んでおいた」

「この程度なら、いくらでも協力しますよ」

真琴が得意そうに笑みを浮かべた。

だいたいの事情は分かったが、逆に幾つかの疑問が残った。

「小坂由香里さんは、卒業前に亡くなったんだよね」

「そうだ」

「だったら、卒業アルバムには載ってないんじゃない？」

「あ、それはちゃんとフォローしてあるわ」

真琴は、笑顔で言うと封筒を取り出し、その中身をテーブルの上に置いた。

そこには、学生服姿の女性が写っていた。

薄化粧をした彼女は、弾《はじ》けるような笑みを浮かべていた。

「学校の先生に頼んで、写真を探してもらったの」

真琴が説明を加える。

「そっか……」

晴香は、呟《つぶや》いた。

このときの由香里は、自分が死ぬなんて思ってもいなかっただろう。

「石井さんも、同じ学校だったんだよね」

「そうだ」

八雲が答える。

「だったら、石井さんに頼んだ方が早かったんじゃない?」

なぜ、八雲は、わざわざ真琴に頼むという、回りくどい方法を使ったのだろう。

「それはダメだ」

八雲は首を振った。

「どうして?」

「私も、それは疑問でした。石井さんに頼めば、すぐに用意できたと思います。それに、当時のことを聞きだすのも、卒業生である石井さんの方が……」

真琴が言った。

「分かっています。ですが、ダメなんです」

そう言った八雲の表情は、何かを思い詰めているように、沈んでいた。

「何でダメなの?」

晴香は、しつこいのを承知で訊《き》いてみた。

「石井さんは、当事者だからだ」

八雲が、きっぱりと言った。

——石井さんが当事者?

晴香は、その言葉の意味を呑《の》み込めずにいた。

11

笹本からいろいろと話を聞くことができたが、それにより、一層謎が深まったように思える。

後藤は、廊下を歩きながら石井に訊ねてみた。

「なあ、石井。お前はどう思う？」

「さっきの話だと、優子さんの精神状態が、まともでなかったのは確かだと思います。事件当日の、彼女の証言にも不自然な点がありますし……」

石井の説明を聞き、後藤は事件直後の優子の行動を思い返した。

彼女は、婚約者である望月が目の前で刺されたあと、なぜか一度帰宅している。

普通であれば、病院なり警察なりに連絡するところだ。事件で混乱していたとしても、その場で放心しているならまだしも、帰宅というのはおかしい。

「やっぱり、優子が殺したのか……」

後藤は、意識することなく口にした。

「いや、しかし、そうなると、松田さんの証言が成立しなくなります」

すぐさま石井が口を挟む。

そんなことはいちいち指摘されるまでもなく――。

「分かってる」

後藤は、石井の頭を引っぱたいた。

石井は納得できないという表情を浮かべたが、後藤はそれを無視した。

今回の事件は、分からないことが多すぎて、何だか苛々《いらいら》する。

「あ！」

エレベーターに乗ろうとしたところで、石井が足を止めた。

「何だ？」

後藤が訊《たず》ねると、石井が廊下の先を指差した。

その先には、後藤の知っている人物が立っていた。

「あんたは……」

驚いたのは、向こうも同じだったようで、目を丸くしていた。

「弥生さんですね」

隣に立っていた石井が、声を上げる。

そこにいたのは、松田の元妻、弥生だった。彼女は、深々と頭を下げる。

「あんた、何でここに？」

後藤が問い質《ただ》すと、弥生より先に石井が口を開いた。

「娘さんが、この病院に入院しているんですね」

「はい」

弥生が静かに頷《うなず》いた。

「な、何？」

「やっぱり……」

驚く後藤に対して、石井はしたり顔だ。

「お前、何で分かったんだ？」

後藤は、石井に訊ねる。

「何で……と言われましても……この前お話をうかがったときに、娘さんが入院していると聞いていたので、もしかしたら、ここかなぁと推測していただけで……」

確かに、石井の言う通りだ。

この近辺で、小児科のある総合病院はここだけだ。少し想像を膨らませれば分かることだ。

しかし、松田の娘がこの病院に入院していたとなると――。

「あんた、箕輪優子という看護師は知ってるか？」

「はい」

弥生が頷いた。

「何であのとき、それを言わなかったんだ！」

後藤は、つい興奮して大きな声を出してしまった。

優子の証言では、松田とは面識がなかったことになっている。松田も、同様の証言をしている。

だが優子が、松田の娘が入院する病院の看護師だったとすると、二人には事件前から面識があった可能性が高い。

事件は、まったく違う見え方をすることになる。

「あのときは、知らなかったんです」

弥生が、蚊の鳴くような声で答えた。

「は？」

「箕輪さんという看護師さんは、娘の担当ではありませんでした」

「それでも、顔くらい合わせたことはあるだろ」

「そうかもしれませんが、特に、話をしたことなどはありませんでした。正直、名前もさっき知ったくらいで……」

「それで」

「ついさっき、担当の看護師さんから聞いたんです。あの事件で殺されたのは、この病院の看護師だった人の婚約者だって……」

弥生は、口に手を当てて声を詰まらせた。

現在、優子は、被害者の婚約者で、目撃者という扱いだ。新聞などでも、彼女の名前は報道されていない。

弥生が知らなくても、当然といえば当然だ。

だが、後藤の中では怒りが湧き上がった。警察である自分たちが認識していなかったのは、明らかに失態だ。

上層部は、すでに犯人の判明している事件として、ほとんど人員を割いていない。人手不足で、聞き込み調査が間に合っていない。

「そうか。すまなかった」

後藤は、怒りを呑み込んで詫《わ》びた。

「いえ」

弥生が首を振った。

とにかく、これで松田と箕輪優子が顔見知りであった可能性が出てきた。

——お前、裏切る気か？

身柄を確保したとき、松田が優子に向かって叫んだ言葉を思い返した。

こうして接点が見つかったのだ。松田と優子が共謀して犯行を行っていたことも、充分に考えられる。

「あの……」

石井が、オドオドと声をかけた。

「何でしょう？」

弥生が顔を上げる。

「娘さんの病気は何ですか？」

石井の質問に、弥生が再び顔を伏せた。

沈黙が流れた。重苦しい空気の中、弥生の言葉を待つ。

「白血病です……」

しばらくして、弥生は、絞り出すように口にした。

——白血病。

いわゆる血液の癌だ。

治療には相当な金がかかるだろう。その上、完治するかどうかも分からない。親としては、辛《つら》い立場にちがいない。

「そうだったか……」

「やっぱり、私には信じられません」

「何が？」

「あの人が、人を殺したなんて……」

弥生は、こんな状況にありながらも、夫だった松田を信じている。

こんなにも健気《けなげ》な妻を、そして病気の娘を放って、離婚した挙げ句、松田は望月を殺した。

——なぜだ？

後藤は、その答えを見出《みいだ》すことができなかった。

弥生は、顔を伏せてさめざめと泣き始めた。

これ以上、ここに留まっているのは忍びない。

「行くぞ」

後藤は、石井に声をかけてから、逃げるように階段に向かって歩き出した。

「あの、エレベーターは？」

追いかけてきた石井が声を上げる。

「うるせぇ」

後藤は、石井の脳天に拳骨《げんこつ》を落とした。

弥生の泣き顔を見ながら、エレベーターを待つ気にはなれない。

「あの、後藤刑事」

石井が、頭をさすりながら口にする。

「何だ？」

「これから、どうするんですか？」

何でも他人任《ひとまか》せで、誰かの指示が無ければ動けない。本当は、自分の考えがあるクセに、自信の無さから、誰かに頼ってしまう。

石井のこういうところが、どうにも我慢ならなかった。

後藤は、もう一発石井に拳骨を落とす。

「どうもこうもねぇ。もう一度、松田と優子から話を聞くんだよ」

二人は、顔見知りだった可能性がある。それを突破口にすれば、新しい情報を引き出せるかもしれない。

後藤は、ぐっと力を込めて拳《こぶし》を握った。

——何としても、真相を暴いてやる。

12

「石井さんが当事者ってどういうこと？」

晴香は、驚きとともに口にした。

「言葉通りだ。物事を正確に把握するためには、できるだけ客観的な意見が必要だ。そういう意味で、石井さんはもっとも適さない」

「そういう意味か」

晴香は、返事をしながら、ほっと胸を撫《な》で下ろした。

八雲の言葉を拡大解釈して、まるで石井が犯行を行ったかのように受け止めてしまっていた。

それは真琴も同じだったらしく、安堵《あんど》の表情を浮かべていた。

「それで依頼していた件ですが、どうでした？」

八雲が、卒業アルバムをめくりながら、真琴に訊《たず》ねる。

真琴は「そうでした」と、手帳を取り出し、話を始めた。

「運よく、当時の担任の先生に会うことができました。それで、いろいろときいたんですけど……」

真琴は、そこまで言って言葉を濁した。

「何です？」

八雲が、眉間《みけん》に指を当てながら先を促す。

「小坂由香里さんは、当時、望月利樹さんと交際していたようなんです」

「え？」

晴香は、思わず声を上げた。

十年前に、神社の石段から転落死した小坂由香里。その交際相手であった望月利樹が、同じ場所で殺害される。

これは、もうただの偶然とは思えない。

「やっぱり、そうでしたか」

八雲は、晴香とは対照的に、動揺した様子はなかった。

「知ってたの？」

「そうではないかと、推測していただけだ」

「何でそう思ったの？」

「君に説明しても、どうせ分からない」

八雲は、完全に小バカにした態度だ。

「どうせ私はバカですよ」

「よく分かってるじゃないか。それで真琴さん。他に、分かったことはありますか?」

そう言って、八雲が話を本筋に戻した。

「これはあくまで噂なんですが、彼女は妊娠していたらしいんです」

「妊娠ですか?」

晴香は、腰を浮かせた。これまた驚きの事実だ。

「それは嘘ですね」

八雲が、無表情に否定する。

「何で嘘だって分かるの?」

「彼女の事件の資料を見た。解剖の報告にも、そんな事実はなかった」

「誰かが、悪い噂を立てたってこと?」

「あるいは……どちらにしろ、今となっては確かめる術はない」

「そうだけど……」

「他には?」

八雲が、真琴に先を促す。

「ええ。二人は成績もいいし、人当たりも良くて、お似合いのカップルという感じだったらしいんですけど……」

真琴が、言いにくそうに唇を嚙《か》んだ。

「学校内で、イジメをしていた」

八雲が、ため息混じりに補足した。

「どうして、分かったんですか？」

今度は、真琴が目を丸くした。

「ただの勘ですよ」

「はぁ……」

真琴は、納得していないようだったが、八雲は構わず続ける。

「ついでにいうと、イジメに遭っていたのは、石井さんですね」

「どうしてそれを……」

真琴が身を乗り出す。

ここまで先読みされると、最初から知っていたとしか思えない。

「望月利樹さんが殺されてからの、石井さんの反応を見ていれば分かります」

さっき、八雲が言った「当事者」という言葉は、こういった事情が関係していたのだろう。

「私……そんなことも知らないで、石井さんに余計なことを訊《き》いてしまいました……」

真琴は、独り言のように言うと、寂しげに睫《まつげ》を伏せた。

石井と真琴の間に、何があったのか——興味はあったが、それは訊いてはいけないことのような気がした。

「でも、何で、石井さんがイジメに？」

晴香は、頭に浮かんだ疑問を口にした。

「理由なんて、何でもいいんだ」

八雲は、不機嫌そうに頬杖《ほおづえ》をついた。

「そういうもの？」

「そうだ。外見に目立つ特徴があるとか、運動が苦手とか……。とにかく、自分とタイプの違う人間を見つけ、それを排除する。それが、イジメの基本構造だ」

「本当に、それだけなの？」

「それだけなんです」

八雲に代わって答えたのは真琴だった。

今にも、泣き出しそうな顔をしている。もしかして、彼女も——そう思ったが、晴香は口にしなかった。

「どんなに嘆いても、それが現実なんだ」

八雲は投げやりに言った。

だが、そこには様々な想いが込められているように思えた。

八雲も、死者の魂が見えるという赤い左眼をもったばかりに、奇異の視線に晒《さら》され、苦しい想いをたくさんしてきた。

人と違う——それは、当たり前のことなのに、その当たり前を受け容《い》れられない人は意外と多い。

さっき、八雲はそれが現実だ――と言ったが、やはり晴香には納得できなかった。

「そんなの許せない。何とかならないの？」

「耐えるしかないんだ。ただ、じっと……少なくとも、石井さんはそうだった」

八雲は、そう言ってアルバムのある一点をポンポンと指で叩《たた》いた。

クラス全員の顔写真が並んだページで、八雲が指差した先には、高校時代の石井が写っていた。

今より少し痩《や》せているようだ。前髪を垂らし、少し俯《うつむ》き加減に写るその姿は、何かを堪《こら》えているようにも見える。

「石井さんは、望月さんを恨んでいたんでしょうか？」

真琴が、眉《まゆ》を下げた。

「そう思います」

八雲は、迷うことなく口にする。

このやり取りだけ耳にすると、石井が望月を殺したようにも聞こえてしまう。

――いや、そんなはずはない。

晴香は、頭を振ってその考えを打ち消した。

「それで、妹さんの方は？」

暗くなった空気を払拭《ふっしょく》するように、八雲が切り出した。

「そうでした」

真琴が、表情を切り替えてバッグの中から、一枚の写真を取りだした。

そこには、一人の女性が写っていた。

顔は小坂由香里に似ているが、その雰囲気はまったく違っていた。

自信無さそうに俯き、今にも泣き出しそうな顔をしている。たとえるなら、由香里と彼女は陰と陽といったところだ。

「これは？」

「小坂由香里さんの妹の優子さんだ。望月利樹さんの、婚約者でもある」

「彼女が……」

「そうだ」

「実は……当時の優子さんの担任の先生から、妙な話を聞いたんです」

真琴が、深刻な顔で口にした。

「妙な話？」

八雲が、眉間《みけん》に皺《しわ》を寄せる。

「ええ。彼女、ときどき身体に痣《あざ》を作って、登校してきていたようです」

「痣……ですか……」

何かを思いついたらしく、八雲がぐっと目に力を込めた。

13

後藤は、石井と取調室に入った。

椅子に一人座っている松田は、昨日より老けたように見えた。

精神的な疲労があるのかもしれない。

「また、あんたか」

後藤の姿を認めるなり、松田がぼやくように言った。

ふてぶてしい態度を続けてはいるが、後藤にはそれが演技に見えてならなかった。

──本当のお前を見せろ。

後藤は、心の中で念じながら、椅子に座った。

「お前に、確認したいことがある」

「しつこいな」

松田が上目遣いに後藤を見た。

「おれは、諦《あきら》めが悪いんだよ」

「そうかい」

「お前、被害者の婚約者の、優子のことは、事件当日まで知らなかった──そう言ってたな」

「ああ」

松田が答えるのに、一瞬だけ間があった。

そこが突破口のような気がした。

「そうだとすると、おかしいな」

「何？」

「彼女は、お前の娘の入院している病院の、看護師だったんだ。全く知らないってのは、辻褄《つじつま》が合わねぇな」

後藤は喋《しゃべ》りながらも、松田の表情をつぶさに観察した。

松田は、それを察しているのか、顔を伏せたまま黙っている。

「お前は、優子を知ってたんだろ」

後藤はぐいっと顔を寄せる。

一気に畳みかけるのも手だが、後藤は敢《あ》えて待つことにした。

「だからどうした？」

長い沈黙のあと、松田が顔を上げた。

能面を貼り付けたように、表情がない。だが、感情は揺れているはずだ。それが証拠に、微かだが指先が震えている。

「刑事さん。病院に行ったことあるか？」

「病院くらい、誰でもあるだろ」

「じゃあ、聞くが、そこの看護師を全員覚えているか？」

「何？」

「正直、担当でもなければ、看護師の顔なんて、覚えてねぇよ。その女が、娘の入院している病院の看護師ってだけで、知り合いだったたってことにはならない」

松田の言うことには一理ある。

だが、ただの偶然にしてはでき過ぎている。簡単に納得することはできない。

「それだけなら、私たちも、疑いを抱いたりしません」

会話に割って入ってきたのは、石井だった。

得意げに、シルバーフレームのメガネを指で押し上げる。

「ほう。何か、証拠でもあるのか？」

松田は、挑戦的な視線を石井に向けた。

石井は咳払《せきばら》いをしてから、一枚の書類をテーブルの上に置いた。

「これは、あなたの携帯電話の通信履歴です」

「それがどうした？」

相変わらずのふてぶてしい口調だが、表情は一気に険しくなる。

ようやく、心の底が見えて来た気がした。

「この記録によれば、病院の番号から、何度もあなたの携帯電話に着信しているんです」

「娘のことがある。病院から、電話がかかってきて、何がおかしい？」

松田は、まだ強気の姿勢を崩さない。

石井がチラリと後藤に目を向ける。

後藤は、大きくうなずいてから、説明を引き継いだ。

「電話をかけた時間と、病院の勤務表を調べた。その結果、病院からお前の携帯電話にかけている時間は、優子の勤務時間と一致するんだよ」

後藤は、通信記録の紙を、松田の眼前に突きつけた。

「偶然だろ」

松田は、後藤の手を払いのける。

そういう反応に出ることは、あらかじめ分かっている。

「偶然なものか。全ての時間帯が一致するのは、優子だけだったんだよ」

他の看護師の勤務時間も調べた。何回かは重なっている者もいたが、全てとなると、優子ただ一人だ。

「偶々《たまたま》だろ」

松田は、まだシラを切る。

「病院側にも、確認はとった。患者の親族に連絡するときは、通常、日誌にその記録を残しておくそうだ」

「記録……」

松田の声が、幾分弱まった。

どうやら、そのことは知らなかったようだ。

「ああ、そうだ。だが、その日誌の中に、お前の携帯に電話したという記録はなかった。つまり、娘の病気のことで、電話したわけじゃないってことだ」

後藤は、ドンとデスクを叩《たた》いた。

このことから、松田と優子は、病院の電話を使って、連絡を取り合っていたということになる。

優子個人の携帯電話を使わなかったのは、後々に関係が発覚しないようにするためだろう。

――さあ、次はどんな言い逃れをする？

後藤は、真っ直ぐに松田に目を向けた。

逆上するか、あるいは、泣き崩れるかと思ったが、松田の反応は意外なものだった。

肩を震わせて、クックッと笑い始めたのだ。

石井が、気持ち悪いものでも見るように、眉間に皺を寄せる。

その気持ちは、後藤も同じだ。

「何がおかしい？」

「あんたらが、おかしくてさ」

松田が、笑いながら答える。

「は？」

「だってそうだろ。たったそれだけのことで、鬼の首をとったみたいに、得意になってさ……」

「何だと」

「仮に、その優子って看護師と連絡を取っていたとして、それがどうしたんだよ」

松田は、急に真顔に戻った。

その豹変《ひょうへん》ぶりに、後藤は思わずたじろいだ。

「お前は、優子という看護師と共謀して……」

「全部、刑事さんの憶測だろ」

松田が、後藤の言葉を遮るように言った。

「だったら、納得のいく説明をしてみろ！」

負けてはいけないと、後藤は立ち上がり、大きな声を上げた。

松田の代わりに、なぜか石井が驚いて縮こまった。

「おれは、優子って看護師に惚《ほ》れてたんだ。で、婚約者が邪魔になって、神社で待ち伏せて刺した」

松田の説明は、すぐに嘘だと分かった。

「ふざけんな！　お前は、娘の病気を知ってるだろ！　娘を見捨てたりする男じゃないはずだ！」

それは、後藤の願望であったのかもしれない。

「娘が、どうなろうと、おれの知ったことじゃない……」

松田がポツリと言った。

その瞬間、後藤の中で何かが切れた。

気が付いたときには、松田に殴りかかっていた。

「てめぇ！」

「や、止めて下さい」

石井が、後藤の身体にしがみついた。

そのせいで、後藤の拳《こぶし》は松田に届くことなく、空振りに終わった。

「放せ。このボケが」

後藤は、石井を振り払う。

力のない石井は、簡単に後藤の身体を離れ、ごろごろと床を転がった。

改めて後藤は松田と向き合う。

後藤の中にあったのは、裏切られたという落胆と、怒りだった。

――何に裏切られた？

自問する。いったい、何を信じようとしていたのか。

頭に、松田の妻であった弥生の顔が浮かんだ。

おそらく、後藤が信じたかったのは、彼女の言葉だろう。

彼女は、一方的に松田に離婚を告げられた。そのすぐ後、松田は殺人事件の容疑者になった。

そんな勝手な男を、今もなお信じ続けている。

そればかりか、わざわざ警察まで足を運び、無罪だと訴えた。

松田が、どんなにふてぶてしい態度を取ろうと、弥生のためにも、真実の姿ではないと信じてやりたかった。

だが、それがいとも簡単に裏切られた。

――許せない。

「殴りたければ、殴れよ」

松田が、顔を突き出す。

後藤は拳を振り上げたものの、それを振り下ろすことはできなかった。

無表情を決め込んでいる松田だが、その目は潤んでいた。涙を堪《こら》えているのが、分かってしまった。

――なぜ、お前が泣く？

「お前……」

「あんたは、何も分かっちゃいない」

松田は、大きく洟《はな》をすすると、真っ直ぐに後藤を睨《にら》んだ。

鬼気迫る表情だった。

「何だと？」

「全部、自分の価値観で決めつけるな。おれには、おれの生き方がある」

「何が生き方だ。偉そうに……」

「だから、何も分かってねぇんだよ。さあ、殴れよ」

松田が、もう一度顔を後藤の前に突き出す。

「てめぇ！」

怒声を上げてみたものの、それに反して、拳の力がみるみる抜けていく。

完全に呑《の》まれている。

「ほら、殴れよ！　殴れ！」

「クソ！」

後藤は、松田を殴るかわりに、ドンッと、デスクに拳を落とした。

じんじんと熱をもった痛みが、拳に広がっていく。

後藤は、松田を一瞥《いちべつ》したあと、取調室を出た。

――何で、おれはこんなに苛立《いらだ》っている？

廊下を真っ直ぐ歩き、喫煙所に足を踏み入れた。

煙草に火を点《つ》け、煙を吸い込むと、ズシリと肺に重くのしかかる。舌にビリビリと痺《しび》れるような感覚があった。

――不味《まず》い。

だが、いくらか落ち着きを取り戻すことはできた。

松田という男が、つくづく分からない。

普通、犯罪者というのは、罪を自供した時点で、少しでも自分に有利になるように、あれこれ能書きを垂れる。松田には、そういったところがない。

——やはり、何か隠しているのか？

後藤の考えを遮るように、携帯電話が着信した。

「誰だ？」

電話に出る。

〈まったく。電話の……〉

八雲だ。その先は、聞かなくても分かる。

「応対を改めろって言うんだろ」

〈分かってるなら、実行して下さい〉

——相変わらず、クソ生意気なガキだ。

「うるせぇ。で、何の用だ？」

〈実は、確認してほしいことがあるんです〉

「おれは、忙しいんだ」

〈どういう言い草ですか。誰のために動いていると思ってるんですか〉

そういえば、そうだった。

八雲が、今抱えている案件は、松田の事件とも、何らかの関係があるかもしれないのだ。

今の苛立ちを鎮めるには、事件の真相を暴く以外にない。

「で、用件は何だ？」

〈まず、幾つか耳に入れておいた方がいい情報があります〉

「情報？」

〈ええ〉

八雲からもたらされた情報に、後藤は驚きを隠せなかった。

これは、いよいよ十年前のことと、今回の事件が無関係ではなさそうだ。しかし――。

「そのことを、石井は知っていたはずだよな」

後藤が疑問を口にした。

もし、意図して黙っていたのだとするなら、大きな問題だ。

〈石井さんは、十年前のことは、関係ないと考えていたんだと思います〉

「だが……」

〈くれぐれも、この件で石井さんを追及するようなことは止めて下さい〉

八雲が、後藤の言葉を遮るように言った。

「何で？」

〈真実が、引き出せなくなる――とだけ言っておきます〉

「どういう意味だ？」

〈意味は、そのうち分かります。それより、確認をお願いしたい件ですが……〉

後藤は手帳を取り出し、八雲が話す内容を書き留めた。

「これが、事件とどう関係があるんだ?」

メモを終えたところでたずねた。

〈彼女が、どういう返答をするかによります〉

「まったく……」

いつも、こうだ。肝心なことは、何も教えてくれない。

だが、捜査が行き詰まっている現状では、八雲の指示に従うしかなさそうだ。

〈確認が終わったら、報告に来て下さい〉

八雲が、さも当たり前のように言う。

「聞きたきゃ、お前が来い」

言ってみたものの、電話はすでに切れていた。

——相変わらず勝手な野郎だ。

後藤が、灰皿に煙草を放り投げたところで、喫煙所のドアが開いた。

飛び込んできたのは、石井だった。

「ここに、いらしたんですか……」

石井が息を切らせながら言う。

「お前……」

後藤は石井を問い質《ただ》そうとしたが、途中で言葉を呑《の》み込んだ。

八雲の言葉が、頭をよぎったからだ。

「行くぞ」

煙草をポケットに押し込み、喫煙所を出た。

「あ、あの、どちらに？」

「優子に、事情聴取するんだよ」

後藤は、そう言うと、足早に歩き始めた。

「あ、待って下さい」

石井が、慌てた様子で追いかけてくる。

——転んだ。

第三章

いつわりの樹

FILE:
03

1

晴香は、八雲と並んで麻衣の病室の前に立った。

──もう一度、彼女に会いに行こう。

真琴からの報告を受けたあと、八雲が提案して来たのだ。だが、その理由がイマイチ分からない。

「もう一度会って、どうするの？」

「確認したいことがある」

晴香が訊《たず》ねると、八雲は寝グセだらけの髪をガリガリとかきながら答えた。

「何を、確認するつもりなの？」

「見てれば分かる」

八雲は、無表情に言う。おそらく、これ以上追及したところで、何も答えない。

晴香は諦《あきら》めて、ドアをノックした。

返事はない。ドアを開けると、麻衣がベッドに横になっていた。

目を開けてはいるが、焦点が定まっていない。

昨日より、少しやつれたように見える。何とかして、彼女を救いたいが、晴香には為す術がない。

八雲は、ゆっくりとベッドに歩みより、脇に置いてある丸椅子に座った。

晴香はじっと息を呑《の》んで見守る。

「小坂……由香里さんですね……」

囁《ささや》くように言った八雲の言葉に反応して、麻衣の視線が八雲に向けられた。

「あ……あ……」

麻衣が、苦しそうな声を上げる。

「望月利樹さんという男性を、知っていますね」

八雲が、その名前を出した途端、麻衣の目がカッと見開かれた。ふらふらと身体を起こし、八雲に向かって手を伸ばす。

その手は、八雲の首を摑《つか》んだ。

「八雲君！」

駆け寄ろうとした晴香だったが、それを制したのは八雲だった。

麻衣の手が、八雲の首に食い込む。八雲は、そんな状況にありながら、微動だにせず、じっと麻衣を見つめる。

「ぼくは、望月利樹さんではありません」

息を詰まらせながらも、八雲が言う。

「うっ……うぅ……」

麻衣が、苦しそうに声を上げる。

「あなたにも、分かっているでしょ。ぼくを殺しても、あなたの恨みは晴れない」

八雲が静かに言うと、麻衣の手が首から離れた。

「大丈夫？」

晴香が声をかけると、八雲は「心配するな」と答える。しかし、その首には、くっきりと手の痕《あと》が付いていた。

八雲が、どんな覚悟で事件に臨んでいるのか、改めて思い知らされた気がした。

「あなたに、訊《き》きたいことがあります。あの日、何があったんですか？」

しばらくの沈黙のあと、八雲は麻衣の耳許《みみもと》に顔を近づけ、囁くように言った。

カサカサに乾燥している麻衣の唇が、微かに動く。

「私は……裏切られた……」

麻衣が答えた。いや、正確には、麻衣にとり憑《つ》いている由香里の魂だ。

「誰に裏切られたんですか？」

八雲が訊ねる。

「あの……男だ……」

「望月さんですか？」

麻衣が、呼吸を荒くする。

「私は……ずっと……待っていた……あの男を……それ……なのに……」

「彼は、来なかった――」

「私は……愛して……いたのに……あの男は……」

「あの日、神社には、違う人が、来たんですね」

八雲が言った。最初から答えを知っていたかのような言い回しだ。

「あの……サルが……」

「そのあと、あなたは、どうしたんですか？」

「私の背中を……ぐぅぅ……」

「誰かが、あなたの背中を押して、石段から突き落としたんですね」

「ぎぃぃ！」

麻衣が、獣のように叫んだ。

髪を振り乱し、手足をめちゃめちゃに動かしながら、暴れ始めた。

「ま、麻衣」

晴香は、堪《たま》らず駆け寄り、麻衣を宥《なだ》めようとしたが、八雲に押しとどめられた。

「止めろ」

「何で？　麻衣が……」

「君が、とり憑かれるぞ」

八雲は厳しい口調で言うと、晴香を押し戻した。

苦しんでいる友だちを見ても、何もしてやれない。自分自身の無力さが、悔しくて堪らなかった。

「あなたを突き落としたのは、誰ですか？」

八雲は、改めて麻衣と向き合ってから訊ねた。

麻衣の動きがピタリと止まった。

ぐぐっと喉《のど》を鳴らしながら、八雲を睨《にら》み付ける。

晴香は、ゾクッと身体を震わせた。

血走ったその目からは、強い憎しみが吐き出されているようだった。

「殺して……やる……」

その言葉を最後に、麻衣は力を失い、パタリと倒れた。

「麻衣」

「大丈夫。気を失っただけだ」

八雲が言った。

見ると、八雲の額には、びっしょりと汗が浮かんでいた。眉間《みけん》に皺《しわ》を寄せ、苦しそうだ。

「だ、大丈夫？」

晴香が声をかけると、八雲は壁にもたれて前髪をかき上げ、天井を仰ぎ見た。

「ああ。ちょっと強烈だった」

「強烈？」

「彼女の抱えている想いだ」

「彼女って、由香里さん？」

「そうだ。彼女が抱えているのは、とてつもなく強い憎しみだ」

それは晴香にも分かった。

「なぜ、そんなに強い憎しみを？」

晴香の質問から逃れるように、八雲は病室を出て行ってしまう。

「ちょ、ちょっと」

晴香は、慌てて八雲のあとを追いかけた。

八雲は病室の前の廊下の壁に、背中を預けて立っていた。

腕を組み、難しい顔をしている。

「やっぱり、彼女は……小坂由香里さんは、事故死ではなかった……」

「え？　そうなの？」

晴香は、驚きの声を上げる。

「ああ。これは、れっきとした殺人事件だ」

「だから、彼女は殺した人を憎んでいる……」

「まあ、そんなところだ」

「いったい誰が？」

晴香が訊《たず》ねると、八雲が痛みを堪《こら》えるように表情を歪《ゆが》めた。

「それが、分かったら苦労しない」

八雲は逃げるように歩き出した。

「待ってよ」

晴香は、すぐにあとを追いかける。

八雲の背中を見ていて、分かってしまった。

おそらく、八雲は由香里を殺した犯人が分かっている。だが、今はそれを口にしたくないのだ。

——いったい誰だろう？

考えを巡らせる晴香の頭に、八雲が前に言っていた言葉が浮かんだ。

——石井さんは、当事者だからだ。

「そんなはずない」

晴香は、頭に浮かんだ不吉な考えを、慌てて振り払った。

2

石井は、後藤と並んで、喫茶店のテーブル席に座っていた。

優子を待っているのだ。

後藤は、苛立《いらだ》たしげに煙草を吹かしている。石井は、やることがないので、ぼんやりと壁にかかった柱時計を見ていた。

じっと眺めていると、時間を遡《さかのぼ》っているような感覚に陥る。

あの日——石井は望月と、この喫茶店にいた。

望月は、石井にある物を差し出し、それを、いつわりの樹のある神社にいる、ある人物に届けるように頼んだ。

いや、あれは頼みなどではない。命令だ。

断ることなどできなかった。

石井と望月との間には、絶対的な主従関係が成立していたからだ。

もちろん主は望月だ。石井は、彼の言いなりになるしかなかった。そうしなければ、どんな仕打ちが待っているか、分かったものではない。

石井は、言われた通りに神社に足を運んだ——。

その先のことが、走馬燈《そうまとう》のように頭の中を駆け巡る。

——嫌だ。思い出したくない。

必死に、記憶を振り払おうとするが、ダメだった。自らの記憶だ。どんなに拒絶しようと、消せるものではない。

「私は……」

「うるせぇ！」

後藤の拳骨《げんこつ》が落ちた。

石井は、衝撃ではっと我に返る。

掌《てのひら》が、汗でぐちょぐちょになっていた。

「す、すみません」

石井が詫《わ》びたところで、喫茶店の扉が開き、優子が姿を現した。

約束の時間から二十分遅れての到着だ。

「お待たせしてしまって、申し訳ありません」

会釈をする優子の目の下には隈《くま》ができていて、昨日より一層、やつれたように見える。

「いえ、どうぞ、おかけになって下さい」

石井が、向かいの席に座るように促すと、優子は席に着いた。

石井はウェイターを呼び、三人分の珈琲《コーヒー》を注文した。

「今日、呼び出したのは、他でもない。あんたに確認したいことがあったんだ」

ウェイターが、珈琲を運んで来たところで、後藤が話を切り出した。

優子は「何でしょう」と、か細い声で答える。

「お前、容疑者である松田とは、面識が無いと言っていたな」

後藤は灰皿に煙草を押しつけてから、優子に目を向けた。

その、威圧するような視線に、優子の表情が、一気に硬くなる。

「ええ。あの日まで、知りませんでした」

「おかしいな。あいつの娘は、あんたの病院に入院してるんだよ」

「え？」

「松田美咲《みさき》……知ってるだろ」

「あの人が、美咲ちゃんの……」

優子は、心底驚いているようだった。

「ああ。奴は、松田美咲の父親だ」

「そんな……」

優子は、複雑な表情を浮かべた。

「お前は知らない男が、いきなり襲ってきたと証言したが、それは嘘だな」

「違います。美咲ちゃんのお父さんとは、顔を合わせたことがありません」

「惚《とぼ》けるな！　お前、松田を知ってたんだろ！」

後藤が、脅すような口調で言うと、優子がビクッと肩を震わせ、首を縮めた。

苛立っているのは分かるが、こうも威圧してしまっていては、言いたいことも、言えなくなってしまう。

石井は、少し落ち着くようにと後藤を宥《なだ》めてから、優子と向かい合った。

「すみません。大丈夫ですか？」

石井が訊ねると優子は、コクリとうなずいた。

「あなたは、病院の電話で、松田さんと連絡をとっていましたよね」

「私が？」

優子は、目を見開いた。

「あなたの勤務時間帯に、誰かが病院から松田さんに電話をかけているんです」

石井は、テーブルの上に通信履歴が書かれた紙を置いた。

優子はそれを手に取り、じっくりと目を通す。

「知りません。ナースステーションの電話は、誰でも使えます。私とは限りません」

「しかし、全ての時間帯において、勤務していたのは、あなただけなんです」

「そうとは限りません。誰かが休日出勤して、使ったのかもしれません」

「誤魔化すな。ナースステーションの監視カメラの記録を調べれば、誰が電話してたのかは、一目瞭然《りょうぜん》だ」

口を挟んだのは後藤だった。

「本当に、知らないんです」

優子は涙声になる。

「松田は、お前に惚《ほ》れてたって証言したぞ。お前たちは、恋愛関係にあったんじゃねぇのか？　それで、望月が邪魔になった」

後藤が追い打ちをかけるように言った。

「いい加減なこと、言わないで下さい！」

優子が、感情を露《あら》わにして、ドンとテーブルを叩《たた》いた。

「本当のことを言え」

後藤は、それでも追及の手を緩めない。

「何のことを仰《おつしや》ってるんですか？　私は、利樹さんを愛していました。いえ、今でも愛しています」

「それを、素直に信じることはできねぇ。こっちは、証拠があるんだ。松田とは、どういう関係だったんだ？」

「もう、止めて！」

再び叫んだ優子の目には、涙が浮かんでいた。

悲しみではなく、怒りと悔しさからくるものだろう。

「だったら、正直に喋《しゃべ》れ」

「私は、愛する人を殺されたんです。それなのに、共犯扱いまでされて……私は……」

その先は言葉にならなかった。

優子は、両手で顔を覆い黙り込んでしまった。

彼女のすすり泣く声が、喫茶店に響いた。

さすがの後藤も、バツが悪そうに視線を逸らした。

彼女は、嘘をついていない——根拠はないが、石井はそう感じた。

少なくとも、これ以上、この件で彼女を追及したところで、何も出て来ないだろう。

「大丈夫ですか？」

石井は、優子にハンカチを差し出した。

だが、優子はそれを受け取らず、自分のバッグからハンカチを取り出し、涙を拭《ぬぐ》った。

警察の人間から、情はかけられたくない。そう主張しているようだった。

「優子さんが、望月さんを愛していたことはよく分かりました。あの……別の質問をしてもよろしいですか？」

石井は、優子が泣き止むのを待ってから口にした。

優子は、ハンカチで涙を拭ってから、顔を上げた。返事はなかったが、石井はそれを同意の返事だと解釈した。

「お訊《き》きしたいのは、お姉さんのことなんです」

石井がたずねると、目の前に座る優子が、驚いて目を見張った。

「姉の？」

「はい。あなたのお姉さんは、亡くなる前に、望月さんと交際していました」

優子から、返事はなかった。

石井は、そのまま話を続ける。

「あなたは、そのことを、知っていましたか？」

視線を向けると、優子が拳《こぶし》を強く握りながら俯《うつむ》いていた。

これは、石井たちが考えた質問ではない。

後藤を通じて、八雲から指示されたものだ。この返答次第では、いろいろと状況が変わってくるということだった。

石井は、答えを聞くまでもないと思っていた。

望月と由香里が交際していたのは、石井は勿論《もちろん》、同級生の誰もが知っていた。教師まで知っていたほどだ。

お互いの家を行き来していたようだし、妹だった優子が、知らなかったはずはない。

「知ってたのか？」

黙っている優子に業を煮やしたのか、後藤が苛立《いらだ》たしげに口を開く。

優子は、少しだけ顔を上げた。

その目には、憎しみにも似た暗さがあった。

「……ありません」

か細い優子の声は、石井の耳に届かなかった。

「今、何と？」

「今回の事件とは、関係ありません」

優子は、突き放すように言う。

強い語気に押され、石井は一瞬たじろいだ。

「いや、それは、そうなんですが……」

「なら、どうしてそんなことを訊くんですか？」

「いや、それは……」

「こんなの、もううんざりです。帰らせて頂きます」

優子は席を立ち、喫茶店を出て行こうとする。

だが、そうはさせまいと後藤が、彼女の前に立ちふさがった。

「まだ、質問は終わってねぇ」

後藤は、優子の手首を摑《つか》んだ。

「放して下さい」

優子が抵抗する。

ウェイターが、怪訝《けげん》な表情で様子を見ている。

警察に通報されてしまうのではないかと、オロオロする石井に対して、後藤はまったく動じずに話を続ける。

「答えるまで、放さない」

「姉のことは、関係ないはずでしょ」

「だったら、答えられるだろ」

「ええ、知ってました！」

優子は、感情を爆発させるように言った。

「……」

その迫力に、石井は息を吞《の》んだ。

「知ってました。姉は、何度か利樹さんを家に連れてきたこともありました。だから……」

「知ってて、近づいたのか？」

後藤が訊《たず》ねると、優子が鋭く睨《にら》んだ。

「いけませんか？」

「それは……」

「あの人は、毎年姉の命日に、あの神社に花を供えていたんです。私は、それをずっと見ていました。姉が死んだのは、あの人のせいじゃないのに、あの人は、この十年間、ずっと花を供え続けてたんです」

「その優しさに、心を打たれたってわけか」

後藤が皮肉混じりに言った。

「もう、いいでしょ。私、帰ります」

優子は、強引に後藤を振り切り、店を出て行ってしまった。

石井は、とてもあとを追いかける気にはなれなかった。それは、後藤も同じだったようで、舌打ちをしてから席に着いた。

「まったく。何なんだ……」

後藤がぼやくように言った。石井は「はあ……」と、気の抜けた返事をすることしかできなかった。

「なあ、石井」

しばらくの沈黙のあと、後藤が口を開いた。

「はい」

「十年前に死んだ由香里ってのは、どんな女だったんだ？」

「私には、よく分かりません……」

石井は曖昧《あいまい》に答えた。

「同じクラスだったんだろ」

「いや、そうなんですが……あまり親しくはなかったので……」

「役立たずが」

後藤は、石井の頭を引っぱたいた。

「す、すみません」

石井は、苦笑いを浮かべた。

——嘘だった。

由香里のことは、よく知っている。

外見の華やかな彼女は、男子生徒の憧《あこが》れの的だった。

そんな由香里と、クラスのリーダー格である望月が交際するのは、自然な流れであったように思う。

誰もが羨《うらや》むお似合いのカップル——だが、石井にとっては違った。

望月と由香里は、最悪のカップルだった。二人揃って、石井のことを人として扱わなかった。

いつだったか、由香里が落としたペンを拾ってやったことがあった。

礼を言うのが普通だ。だが、彼女の返答は違った。「私のペンを盗んだ」と言いがかりをつけたのだ。

そのあと、望月に何度も殴られた。

痛みを堪《こら》える石井を見て、由香里はヘラヘラと笑っていた。

そんなことが、毎日のように繰り返された。

石井は、二人のことを憎悪するようになっていた。

――殺してやりたい。

石井が、そんな感情を抱くのもまた必然だった。

あの日もそうだった。

由香里に、蔑《さげす》んだ視線を向けられたとき、石井の心の底にあるドス黒い感情が爆発した。

――私は。

石井の思考を遮るように、後藤の携帯電話が着信した。

後藤の電話の相手は、おそらく八雲だろう。

「行くぞ」

電話を終えた後藤は、席を立った。

「え？　どちらに？」

「来れば分かる」

後藤は、さっさと喫茶店を出ていってしまう。

石井は、慌ててあとを追いかけようとしたが、会計を済ませていないことに気付き、レジに向かう。

「嫌な女ですね」

会計を終えたところで、ウェイターが小声で言った。

「はい？」

「二股《ふたまた》かけて、逆ギレするなんて、ろくな女じゃない。早く忘れた方がいい」

どうやら、とんだ勘違いをしているらしい。

否定しようとした石井だったが、「早くしろ！」という後藤の声に急《せ》かされ、曖昧な笑みを浮かべて店をあとにした。

3

晴香は、八雲と一緒に事件の起きた神社にいた。

高台にあるこの場所からは、街が一望できる。

陽は沈み、街が鮮やかなオレンジ色に染まっていた。綺麗《きれい》な場所だ。こうやっていると、殺人事件の現場とは、到底思えない。

「ねぇ、ここで何をするの？」

八雲に声をかけた。

麻衣の入院している病院を出たあと、この場所に足を運んだものの、晴香はその理由を聞かされていなかった。

八雲は標縄《しめなわ》の巻かれた杉の木に手を当て、目を閉じていた。

まるで、その鼓動を感じているかのようだ。

いつわりの樹と呼ばれる、この杉の木だけは、この場所で何が起きたのかを知っている。

そう思うと、不思議な感じがした。

「訊きたいことがあるんだ」

八雲は、ゆっくりと振り返りながら言った。

「誰に？」

「もちろん、被害者だよ」

「え？」

驚く晴香に反して、八雲は冷静だった。

無表情のまま、真っ直ぐに神社の社に向かって歩いていく。

「ここにいたんですね」

八雲は、社の前でピタリと足を止めた。

晴香には何も見えない。だが、八雲には見えているのだろう。おそらく、この場所で殺害された望月という男性の魂、つまり幽霊が——。

晴香は、息を呑《の》んでその背中を見守った。

「あなたに、訊きたいことがあります」

八雲が言った。返答はない。だが、それは晴香に聞こえないだけのことだ。おそらく、八雲の耳には、何者かの声が届いている。

「十年前、何があったんですか？」

てっきり、被害者に事件のことを訊ねるのだろうと思っていた。

八雲がわざわざ十年前の話を持ち出すということは、そのことが、事件に大きく関与しているのだろう。

風が吹いた——。

いつわりの樹が、何かを訴えるように、ガサガサと揺れる。

「では、やはり石井さんが……」

八雲が、肩を落としながら言ったひと言に、晴香は敏感に反応した。

「どういうこと？」

「今は黙っててくれ」

八雲が、ピシャリと言う。

こうなると、晴香は口をつぐむしかない。

だが、疑問をかき消すことはできない。八雲の口ぶりからして、今回の事件に、石井が深く関わっている。

まさか、彼が犯人ということはないはずだ。そう思いたいのだが、断言できない部分もある。

事件が起きてから、彼の様子は明らかにおかしかった。

根拠はないが、何か大事なことを隠しているようでもある。

「ようやく、見えてきたよ……」

晴香の思考を遮るように、八雲がポツリと言った。

目を向けると、八雲が振り返り、ゆっくりと歩み寄って来た。

「何が見えたの？」

「誰が、嘘をついていて、誰が真実を言っているのか——それが見えてきた」

八雲は、ふといつわりの樹に目を向けた。

「嘘をついているのは、誰なの？」

晴香がたずねると、八雲は目を細めてニヤリと笑った。

「人間の記憶は、曖昧なんだよ」

「曖昧？」

「そうだ。主観的と言った方がいいかもしれない」

八雲の言いたいことが、さっぱり分からない。

「どういうこと？」

「たとえば、君が友だちと思い出話をしたとしよう」

「うん」

「そういうとき、話が食い違うという経験をしたことはないか？」

「そういえば……」

何度か、そういう経験はある。遊びに行った思い出話を語るときなど、自分は晴れていたと思っているのに、友だちは曇りだったと言う。

一緒に行ったメンバーにしても、晴香は五人で行ったと思っているのに、友だちは四人だったと主張するといった具合だ。

他にも、同じ時間を共有したはずなのに、服の色や、髪型など、細かいディテールに変化が生じてしまう。

「それは、人間の記憶が、主観的なものだから起きるんだ」

「そうなの？」

「全てを記憶しているようで、実は都合のいい場所だけを切り貼りしているんだ。時間が経過すると、さらにその記憶はねじ曲げられる」

「どうして？」

「記憶を再現するときに、想いが加わるからだ」

「想い？」

「そうだ。願望でもいいかもしれない。人は、都合の悪いことを忘れ、都合のいい部分だけを受け容《い》れる」

「でも、それだと辻褄《つじつま》が合わなくなるよ」

「その通り。だから、無意識のうちに、記憶の改ざんが行われるんだ」

「でも……」

「君だって、姉さんのことで、記憶を改ざんしていただろ」

「うっ」

突然、姉の話を持ち出され、晴香は思わず息を止めた。

「君は、罪の意識から、姉さんが自分を恨んでいると決めつけていた。結果として、事故であったのに、自分が殺したようなイメージさえ持っていただろ」

「それは……」

否定できない。確かに、そういうところがあった。

そうやって、楽しかった姉との記憶を封じ込めていたのだ。

八雲が言おうとしていることは、何となく分かった。だが、今回の事件の問題は、別のところにある。

「それで、誰が嘘をついているの？」

訊《たず》ねる晴香を見て、八雲が呆《あき》れたようにため息をついた。

「それを知っているのは、この木だけだろうな」

八雲は、いつわりの樹に目を向ける。

いつの間にか、辺りは真っ暗になっていて、いつわりの樹も、昼間とは違った佇《たたず》まいを見せている。

「どういうこと？」

追及する晴香から逃れるように、八雲はさっさと歩いていってしまった。

――もう。

晴香は、ふて腐れながらも、八雲のあとを追いかけた。

4

「邪魔するぜ」

後藤は、八雲が隠れ家にしている、明政大学の〈映画研究同好会〉のドアを開けた。

「誰もいないようですね」

隣にいる石井が、部屋を覗《のぞ》き込みながら言った。

せっかく足を運んだのに、いないのでは話にならない。

「どこほっつき歩いてんだか」

後藤は、ため息混じりに吐き出した。

――出直すか。

そう思って振り返ったところで、八雲と対面した。隣には晴香もいる。

「デカイ図体《ずうたい》で、そんなところに立っていたら邪魔です」

八雲が冷ややかな視線を後藤に向ける。

「何だよ。あとをつけてたのか？」

「バカも休み休み言って下さい。そんなことをして、ぼくに何の得があるんですか？」

「何だと！」

「まあまあ。八雲君の言ってることを、いちいち真に受けていたら身が持ちませんよ」

割って入ったのは、晴香だった。

「そうだな」

確かに、こんな屁理屈《へりくつ》男と、まともに言い合いをするのは愚かだ。

「とにかく、入るのか、帰るのか、はっきりして下さい」

八雲が、ガリガリと寝グセだらけの髪をかいた。

「入るに決まってるだろ」

後藤は宣言するように言って、部屋の中に入った。

石井と並んで腰を下ろし、その向かいに八雲と晴香が並んで座った。

「で、どうでした？」

一段落ついたところで、八雲が口にする。

自分で聞いておきながら、興味無さそうに大あくび。その態度に腹は立つが、文句を言ったところで、手痛いしっぺ返しを喰《く》らうことは目に見えている。

「優子の件だが……」

後藤は、咳払《せきばら》いをしてから、説明を始めた。

松田と連絡を取っていた件を追及したときの反応。それに、彼女の姉である小坂由香里と、望月利樹の件を問い質《ただ》したときの反応など、できるだけ仔細《しさい》に説明した。

後藤が説明を終えたあとも、八雲はしばらく、眉間《みけん》に人差し指をあて、何かを考えている風だった。

「やはり、自覚症状がないのか……」

長い沈黙のあと、八雲がポツリと言った。

「どういうことだ？」

後藤は、すぐに問い質す。

「今は、答えられません」

「何だそれ？」

「分からなくていいです。ぼくは、分かってますから」

八雲は、平然と言った。

だが、後藤は落ち着いてはいられない。

「分かってるって……犯人が分かってるってことか？」

「まあ一応は」

八雲は、静かに言って鼻の頭をかいた。

「犯人は誰だ？　教えろ！」

「嫌です」

八雲は即答した。

「何だと？」

「聞こえませんでしたか？　嫌だって言ったんです」

「ふざけてんのか？」

「いいえ。ぼくは、いたって真面目です」

「じゃあ、なぜ教えない！」

後藤は興奮して、八雲の胸ぐらを摑《つか》み上げた。

だが、八雲はそれでも涼しい顔。

「後藤刑事。落ち着いて下さい」

今にも泣き出しそうな顔で、止めに入ったのは石井だった。

「これが、落ち着いていられるか」

「お気持ちは分かります。しかし……」

「うるせぇ！」

後藤は、石井の脳天に拳骨《げんこつ》を落とした。

石井には申し訳ないが、八つ当たりしたことで、いくらか冷静さを取り戻すことができたようだ。

「何で、犯人が分かってるのに言わねぇんだ？」

後藤は、椅子に座り直し、改めて八雲にたずねた。

「今回の事件は、ただ真相を看破すればいいというものではありません」

「は？」

今回に限らず、事件は、真相を暴けばそれで終わりのはずだ。

「謎を解く順番が、大事なんです」

「順番ってどういうこと？」

後藤より先に、晴香が口にした。

「ぼくらの目的は、誰が望月さんを殺害したのかを突き止めることなのか？」

そのひと言で、全てを悟ったのか、晴香が「あっ！」と声を上げた。

「幽霊に憑《つ》かれた、麻衣を救うこと」

晴香が、確認するように続けた。

「その通り」

「こっちの事件は、どうでもいいってことか？」

後藤は、口を尖《とが》らせた。

八雲たちにとっては、幽霊に憑かれた女性を救うことの方が大事かもしれない。しかし後藤にしてみれば、犯人を突き止めることが、重要なのだ。

「そうは言ってません」

八雲が、呆れたように首を振る。

「あん？」

「幽霊に憑かれた女性を救うためには、後藤さんの追っている事件の解決は、不可欠なんです。ただ、闇雲に犯人を挙げればいいというわけではないんです」

「違うのか？」

「違います。さっきも言いましたが、両方を解決するためには、謎を解く順番が重要なんです」

「順番ねぇ……」

後藤は、呟《つぶや》くように言いながら、頬杖《ほおづえ》をついた。

「順番を間違えると、真相を引き出せなくなってしまいます」

八雲は、そう言ってニヤリと笑った。

自分一人だけ分かっている。八雲は、いつもそうだ。その態度に腹は立つが、ここまで来たら引き返せない。

八雲にとことん付き合うしかない。

「で、どんな順番がいいんだ？」

「その前に、一つはっきりさせたいことがあります」

「何だ？」

後藤がたずねると、八雲はゆっくりと立ち上がった。

「石井さん。ちょっと、付き合ってもらえますか？」

「わ、私……ですか？」

八雲の言葉に、石井が目を丸くした。

5

石井は、神社へと続く石段を登っていた。

暗くて足許《あしもと》が見えない。一歩、一歩、踏み出す足が、鉛のように重かった。

一度足を止め、顔を上げると、少し前を行く八雲の背中が見えた。

ここに足を運んだのは、石井の意思ではない。八雲に連れて来られたのだ。

後藤も、一緒に行くと言ったのだが、八雲がそれを制した。

彼が、何を考えているのか、石井には分からない。いや、違う。本当は分かっている。

だからこそ、こうも足が重いのだ。

「どうしました？」

八雲に声をかけられ、石井ははっと我に返る。

「いえ、何でもないです」

石井は苦笑いを浮かべ、再び石段を登り始めた。

神社に着く頃には、少し息が上がっていた。

夜の神社は、不気味だった。

眼下に広がる街並みは、綺麗《きれい》に輝いているのに、ここだけはぽっかり穴が空いたように、闇に包まれている。

八雲は、いつわりの樹と呼ばれる、大きな杉の木に歩み寄り、その幹に手を触れた。

その姿が、どういうわけか慈愛に満ちた聖母のように見えた。

「あの……なぜ、私をここに？」

石井は、八雲の背中に向かって訊《たず》ねる。

八雲がゆっくりと振り返り、石井を見た。

今は、黒いコンタクトレンズで隠している。だが、石井には、その左眼が一瞬だけ赤く光ったように見えた。

石井は、その迫力に耐えきれず、視線を逸らした。

「石井さんに、訊《き》きたいことがあったんです」

八雲が言った。

「なぜ、わざわざ神社まで来たんですか？」

石井は、足許に視線を落としたまま訊ねた。

答えは分かっていた。八雲は、今から後藤や晴香の前では、聞き難《にく》いことを訊ねようとしているのだ。

「ぼくが、知りたいのは、石井さんの過去です」

「私の過去……」

「ええ」

「私の過去など、面白くもなんともないですよ」

石井は苦笑した。

「そういうことではありません」

「では、どういうことです？」

「石井さん」

八雲が、すっと目を細めた。

心底を見透かしてしまう、千里眼のような目――。

「何でしょう？」

「十年前――この場所で、何があったんですか？」

真っ直ぐに放たれた質問に、石井は胸を射貫《いぬ》かれた。

やはり、八雲は全てを知っている。打ち明けてしまった方が、楽になるのは分かってい
る。だが、それでも心が激しく抗《あらが》う。

「私には、何のことだか……」

できるだけ冷静に、振る舞ったつもりだった。にもかかわらず、声の、手の震えを抑え
ることができなかった。

八雲は、こんなことで誤魔化せる相手ではない。

今まで、幾つもの事件を一緒に経験してきて、それは身に染みて分かっている。

「では、質問を変えましょう」

八雲がゆっくりと石井に歩み寄る。

石井は立ち尽くしたまま、喉《のど》を鳴らして息を呑《の》み込んだ。

「メガネザル」

石井は、八雲が唐突に放った言葉に、わが耳を疑った。

「わ、私は……」

「望月さんは、石井さんのことを、そう呼んでいました」

「し、知りません」

「隠す必要はありません。望月さんは、高校時代、石井さんをイジメていたんでしょ」

「そ、そんなことは……」

「もう、我慢しなくていいんです」

八雲が、石井の肩に手を乗せた。今までに見たことがないほど、穏やかな表情だった。

心の中で、何かが外れる音がした。

「酷い扱いでした……」

あれだけ堪《こら》えていたのに、一度口にしてしまうと、今度は歯止めが利かなくなった。

「何もしていないのに、私を見る度に目障りだと、殴ったり、蹴《け》ったりするんです。彼は、私を奴隷のように扱ったんです。いや、奴隷の方がまだマシだ。私のことを人だなんて、思っていなかったんです」

石井は、堰《せき》を切ったように言った。

「嫌だと、言わなかったんですか？」

八雲が言った。

そのひと言は、石井の中の怒りを増幅させた。

イジメられた経験のない人は、必ずそういう言い方をする。

自分を主張しないから、イジメられるのだと。協調性があれば、仲間外れになることはないと——。

「簡単に言わないで下さい。抵抗したら、もっと酷いことをされるんです。周りの人間も、一緒になってせせら笑っているだけで、誰も助けてなんかくれない。どんなに辛《つら》くても、悔しくても、ただ耐えるしかないんです」

「石井さん……」

「少なくとも、私には、嵐が過ぎるのを待つことしかできなかった」

「十年前に死んだ、小坂由香里さんも、石井さんをイジメていた一人だったんですね」

静かに言った八雲の言葉に、動きを止めた。

八雲が、そこまで知っているとは、思っていなかった。

「うっ……」

「もう、隠す必要はないです」

「私は……」

「石井さんの言う通り、黙って耐えていれば、事態が悪化することはないでしょう。しかし、逆に現状を変えることもできません」

「分かってます……」

「だったら、今こそ変えるときです」

八雲は静かに言った。

「今さら、何かをしたって手遅れです。過去は変えられません」

「いいえ。変わります」

「え？」

石井は驚きで顔を上げた。

「真琴さんを見て下さい」

「……」

「彼女は、辛い過去の記憶に立ち向かい、変えることができました」

——今では、いい経験です。

真琴が喫茶店で言っていた言葉が、脳裏を過《よぎ》った。

彼女は、自分の過去に向き合ったからこそ、そういう考え方ができるようになったのかもしれない。

——自分にも、同じことができるだろうか？

「私は、あの二人が心の底から憎かった……」

石井は、自分でも気付かぬうちに喋《しゃべ》り出していた。

八雲が推測した通り、由香里も石井をイジメていた一人だった。望月と一緒に、石井を蔑《さげす》み、虐げてきた。

学校に行くのが苦痛だった。

今日は何をされるのか——と、ビクビク怯《おび》えながら生活するのだ。生きた心地がしなかった。

死のうと思ったこともある。

逆に、殺してやろうと思ったこともある。

彼らにとっては、ただの遊びでも、石井にとっては違った。心の中に、消せない傷が残ったのだ。

あのときのことは、忘れかけていた。いや、忘れようとしていた。

それなのに——。

「石井さん。教えてくれますか。十年前、ここで何があったのか？」

八雲が、穏やかな口調で言った。

石井はその真摯《しんし》な視線を受け、もう隠し通せないと覚悟を決めた。

「十年前のあの日——私は授業を終えて帰ろうとしていたんです」

石井は、静かに語り始めた。

正面に立つ八雲は、小さく頷《うなず》いて先を促す。

「校門を出たところで、望月に呼び止められました」

あの日の望月は、いつもと様子が違っていた。

いつものような傲慢《ごうまん》さはなく、酷く疲れているようだった。

「彼は、私を連れて喫茶店に行きました」

あの柱時計がある喫茶店だ。

「二人だけですか？」

八雲が訊《たず》ねる。石井は、大きく頷いてから説明を続けた。

「はい。彼は、私に封筒を渡して、これを届けるように言ったんです」

「誰にです？」

「そのときは、聞かされませんでした。行けば分かるとだけ……」

あの瞬間から、石井は嫌な予感がしていた。

だが、断ることはできなかった。それだけの意志の強さがなかったのだ。

「封筒の中身は何だったんですか？」

「そのときは、知りませんでした。中を開けたら、殺すと脅されていて……」

嘘ではない。石井が、中身を知ったのは、あとになってからだった。

「それで、石井さんはどうしたんですか？」

八雲が無表情に言う。

石井は、唾《つば》を飲み込んでから先を続ける。

「彼に言われた通り、ここに足を運びました……」

あのときの光景が、石井の脳裏に鮮明に蘇《よみがえ》る。

夕闇の迫るこの神社に行くと、一人の女性がいつわりの樹の前に立っていた。今、ちょうど八雲が立っているところだ。

それは、石井の知る人物でもあった。

——行けば分かる。

そう言った、望月の言葉の意味を、そのときになってようやく理解した。

「そこにいたのは、小坂由香里さんだったんですね」

八雲が言った。

彼は、もうそこまで分かっていたのか——石井は驚きつつも、頷いて答えた。

「私は、望月に言われた通り、由香里さんに封筒を渡しました」

「それで彼女は？」

「封筒の中身を出して、顔を真っ青にしました。そして、なぜ本人が来ないのかと叫びました」

封筒の中身は、十数枚の一万円札と、手紙だった。

あのとき、石井は全てを悟った。

由香里には、妊娠しているという噂があった。もちろん望月の子どもだ。

望月が石井に託したのは、別れを告げる手紙と、中絶費用だったのだろう。由香里と直接顔を合わせれば、面倒なことになるという算段があったのだろう。

石井に頼んだのは、おそらく、他の人間に知られたくなかったからだ。脅せば、口をつぐむと分かっていたのだ。

酷い男だ――そう思った。

だが、そんなことを口にできるはずもなく、石井はただそこに立ち尽くした。

「それで、由香里さんは、どうしたんですか？」

八雲が目を細めた。

――その先は、言いたくない。

だが、意思に反して、口が動き出す。

「彼女は、私を罵《ののし》りました……あんたは、人間なんかじゃない。メガネザルだって……石を投げつけられました……」

石井は、拳《こぶし》を固く握り、ぶるぶると身体を震わせた。

十年も経っているのに、あのときの屈辱が、昨日のことのように呼び起こされる。

「彼女は、私に『死ね！』とまで言ったんです……」

「酷いですね。石井さんは関係ないのに」

その通りだ。石井は関係ない。それなのに――。

「なぜ、そこまで言われなければならないんですか？」

石井の問いかけに、八雲は答えなかった。

彼が答えられないのは分かっている。だが、それでも、湧き上がった怒りと憎しみを、抑えることができなかった。

「彼女は、ありったけの罵声《ばせい》を私に浴びせたあと、封筒を私に突き返して、神社を出て行こうとしました……私は……悔しくて……」

石井は、自らの両手に目を向けた。

その手は、小刻みに震えていた。

「それで、どうしたんです？」

八雲が言う。

石井は、はっと彼に目を向けた。

「よく、分かりません。気がついたときには、神社を出て、走っていました……」

「石井さん……」

「もしかしたら、私が、彼女を――」

「石井さん」

「由香里さんを石段から突き落としたのは――私かもしれない……」

「石井さん！」

八雲が、遮るように言った。

だが、石井の感情の暴走は止まらなかった。

「いや、きっとそうだ！　私が、彼女の背中を押したんだ！」

「違います」

「何も違わない！　だって、この手には、まだ感触が残ってる！」

「呑《の》まれてはいけません」

「私は、悔しかった！　あの二人が憎かった！　殺してやりたいと何度も思った！」

「落ち着いて下さい」

「私は、メガネザルなんかじゃない！　ちゃんとした人間だ！　石井雄太郎だ！」

石井は、身体をよじるようにして叫んだ。

それと同時に、全身の力が抜け、膝《ひざ》を地面に落とした。

涙が溢《あふ》れ出す。

なぜ、自分だけがこんな目に遭うのか——石井は、鬱積《うっせき》した感情を閉じ込めながら生きてきた。

十年前のあの日、その感情が爆発したのだ。

そして、それは新たな闇を生み、これまでずっと石井を苦しめてきた。

——私は……。

「知ってます」

耳に届いた優しい声に、石井ははっと顔を上げる。

石井の前に屈《かが》んだ八雲が、穏やかな笑みを浮かべていた。

「石井さんが、石井さんであることは、知っています」

「私は……」

「ぼくも同じです。赤い左眼が気持ち悪いと、化け物扱いをされてきました。同じ人間のはずなのに……」

八雲の目に影がさした。

死者の魂を見ることができる、赤い左眼――他人とは違う何か。それは、イジメの標的になっただろう。

――彼も、同じだったんだ。

そう感じるだけで、石井の心は少しだけ楽になった気がした。

「過去を引き摺《ず》るのは、止めましょう」

八雲がそう言って、石井に手を差し出した。

「わ、私は……」

「石井さんは、メガネザルではありません。一人の人間であり、そして今は刑事です。そうでしょ」

「は、はい……」

八雲の言う通りだ。自分は、刑事として、これ以上逃げずに、事件に立ち向かわなくてはならない。

石井は、覚悟を決めて、八雲の手を取った。

6

「八雲君たち、戻ってきませんね」

晴香が口にすると、正面に座る後藤が顔を上げた。

「ああ」

「何やってるんでしょうね？」

八雲が石井を連れて行ったときには、すぐに戻ってくると思っていたのに、気がつけばもう一時間以上経っている。

ここまで長くなると、何をしているのか気になってしまう。

「さあな」

後藤は、腕組みをして憮然《ぶぜん》とした表情で言った。

「今回の事件、石井さんが関与しているんでしょうか？」

晴香は何気なしに言ったのだが、その途端、後藤に睨《にら》まれた。

「そんなわけねぇだろ」

その声には、強い願望が込められているように思われた。

八雲は、事件に関係がないのに、わざわざ石井を呼び出したりはしない。そのことは、後藤も分かっているはずだ。

それでも信じたい気持ちがあるのだろう。

「そうですよね」

晴香は、苦笑いとともに答えた。

「石井は臆病《おくびょう》が取り柄のような男だ。誰かを傷つけたりできる奴じゃねぇ」

後藤の言葉に、晴香は胸が熱くなった。

なんだかんだ言いながらも、後藤は石井に対して深い愛情をもっているのだ。

石井が、どんなに後藤に殴られても、彼についていくのは、それがイジメではなく、愛情の裏返しだと分かっているからだろう。

「まあ、何にしろ、分からねぇことを、考えても仕方ねぇ。おれたちは、ただ待つだけだ」

後藤は大きく伸びをした。

「そうやって、何でも他人《ひと》任《まか》せにするから、成長しないんです」

文句を言いながら、部屋に入って来たのは八雲だった。

いかにも面倒臭そうに、ガリガリと寝グセだらけの髪をかく。

「あれ？　石井さんは？」

晴香は、声を上げげた。

八雲が帰ってきたのだから、石井も一緒だと思っていたのに、その姿が見えない。

「先に帰った」

そう言ったあと、八雲はわずかに視線を逸らした。

「何だよ。せっかく待ってたのに……」

後藤はぼやいたあと、携帯電話を手に取る。

「どこに電話するんです？」

八雲が、椅子に座りながら訊《たず》ねた。

「どこって、石井に決まってんだろ」

「止めて下さい」

「何でだよ」

後藤がふて腐れたように、口を尖《とが》らせる。

「今日は、一人にしてやって下さい。石井さんも、苦しんでいるんです」

そう言った八雲の目は、どこか哀しげに見えた。

「どういうことだ？」

後藤が訊ねる。

「明日になれば、分かります」

八雲は静かに言うと、頬杖《ほおづえ》をついた。

石井と何を話したのか――それが気になったが、訊《き》いてはいけない雰囲気だ。

「まったく。どいつも、こいつも……」

後藤は不満げに言いながら、携帯電話をポケットに押し込み席を立った。

八雲がそれをすぐに呼び止める。

「後藤さんに、頼みたいことがあります」

「あん？」

「明日、あの神社に容疑者である松田さんと、被害者の婚約者だった、優子さんを連れてきてほしいんです」

「何でだ？」

後藤が、眉間《みけん》に皺《しわ》を寄せながら椅子に座り直す。

「本当に、後藤さんはバカですね」

「何だと！」

「事件を終わらせるんですよ」

八雲の放ったひと言で、後藤が目を丸くした。

「全てが分かったって口ぶりだな」

「ええ。分かりました」

「どういうことか教えろ！」

「デカイ声を出さないで下さい」

興奮する後藤に対して、八雲は冷ややかだった。耳に指を突っ込み、うるさいとアピールする。

「デカイ声も出したくなる。どういうことだ？」

「焦らないでください。全ては、明日——」

「分かった。何とかしてみる」

後藤は鼻息荒く言い、部屋を出て行こうとドアに手をかけたところで、一度足を止めた。

「なあ、八雲」

「何です？」

「石井は……事件に関係あるのか？」

「あります」

「あいつは、断じて人を殺すような奴じゃない」

後藤が振り返り、力のこもった視線を八雲に向ける。

「知ってます」

「だったら……」

「大丈夫です。後藤さんは、信じていればいいんです」

八雲は、後藤の言葉を遮るように言った。

後藤はしばらく、真っ直ぐな視線を八雲に向けていたが、やがて「分かった」と小声で言って部屋を出て行った。

その背中を見送りながら、八雲が長いため息を吐いた。

かなり疲れているようだ。

「ねぇ、何があったの？」

晴香は返答がないのを承知で、八雲に訊ねた。

八雲は、ちらっと晴香に目を向けたあと、ガリガリと髪をかく。

「いろいろだよ」

「いろいろって？」

「君たちは、せっかちだな。明日になれば分かることだ」

八雲は、人差し指を眉間に当てた。

「本当に、明日になれば分かるのね」

「そうだ」

「分かった」

「ついでといっては何だが、君に一つ手伝ってもらいたいことがあるんだ」

八雲が、ニヤリと笑った。

その笑みを見て、晴香は酷く嫌な予感がした——。

7

——重い。

過去の重みに押し潰《つぶ》されそうになっていた石井は、八雲が去ったあとも、神社を立ち去ることができずにいた。

いつわりの樹にもたれ、頭を抱える。

「メガネザル」

どこからともなく、声がした。

顔を上げると、目の前に望月が立っていた。

白いシャツが、血で染まっていた。それでも、彼はヘラヘラと緊張感のない笑みを浮かべていた。

「望月……」

石井は、絞り出すようにその名を呼んだ。

望月の魂が目の前に現れたのか、あるいは、自らの心が生みだした幻影なのか、石井には判断がつかなかった。

「さんをつけろよ。メガネザルのクセに生意気なんだよ」

「私は……」

「あん？　聞こえねぇな」

「わ、私はメガネザルじゃない……私は、刑事の石井雄太郎……」

「笑わせんな。一人じゃ何にもできねぇクセに」

「ち、違う……」

「何が違うんだ？　お前は、今でもおれが怖くてたまらないんだろ。一人でビビって、縮こまってる」

望月の言う通りだ。

自分は、一人では何もできない臆病者《おくびょう》だ。こんなことで、事件に向き合えるはずもない。

石井は、脱力して地面に座り込み、頭を抱えた。

不気味なくらい静かだった。

――このまま、消えてしまいたい。

石井は、そんな願望を抱いた。そうすれば、嫌なことから逃れられる。

「石井さん」

途方に暮れる石井の耳に、声が聞こえた。

顔を上げると、息を切らせながら立っている、真琴の姿があった。

「真琴さん……どうして、ここに……」

石井が驚くと、真琴はニッコリと笑ってみせた。

「八雲君から聞いたんです。石井さんが、ここにいるって」

「八雲氏が？」

なぜ、八雲がわざわざ真琴に石井の居場所を伝えたのか？　そして、真琴はなぜ、わざわざ足を運んだのか？

石井は、その答えを見つけることができなかった。

「話は、だいたい八雲君から聞きました」

そう言って、真琴が長い睫《まつげ》を伏せ、憂いのある表情を浮かべた。

「そうですか……」

「石井さんも、辛《つら》い思いをしていたんですね」

「え？」

「前にも言いましたよね。私も、イジメられていたことがあるんです」

真琴は、肩をすくめた。

そういえば、喫茶店でそんな話をした。

「真琴さんが、羨《うらや》ましいです」

石井は、意識することなく口にしていた。

「羨ましい？」

「ええ」

「なぜです？」

「過去に辛いことがあっても、今はそれを乗り越えることができています。それに引き替え、私は……」

石井は、あのときの記憶に振り回され、未《いま》だにズルズルと過去を引き摺《ず》りながら生きている。

断ち切ることができたら、楽になるのだろうが、どうしてもそれができない。

「石井さんは、優し過ぎるんです」

微笑みながら言った真琴の言葉を、石井は素直に受け止めることができなかった。

「優しいわけじゃありません。私は、ただ臆病なだけです」

「同じことです」

「違います」

石井には、真琴の言葉がただの気休めに聞こえた。

優しいことと、臆病なこととは、似て非なるものだ。自分は、優しさなどもっていなかった。

それが証拠に、強い憎しみとともに今まで生きて来た。もし、優しい人間なら、憎しみなど抱かず彼らを許しただろう。

「同じですよ。石井さんは、優し過ぎるから、誰かを責めることができないんです。だから、自分を責めてしまうんです」

「違います。口に出さなかっただけで、私は望月を責めていた。彼が憎かった。殺したいと何度も思った」

「でも、殺さなかった」

興奮する石井とは反対に、真琴は落ち着いていた。

「違う……私は、殺したかもしれないんです」

「え？」

「十年前のあの日、私は、憎しみに駆られて由香里さんを、石段から突き落としたんだ！」

石井は叫んだ。心が、身体が、粉々に砕けてしまいそうだった。

自分が酷く卑しく、汚いものに思えた。

だが、それでも真琴は笑顔を浮かべたままだった。

こうなると、石井の方が戸惑ってしまう。

「彼女を石段から突き落としたのは、石井さんではありません」

「なぜ、分かるんですか？」

真琴は現場にいたわけではないのだ。分かるはずがない。

「分かりますよ。石井さんには、人は殺せません」

「しかし、私は彼女を憎んでいました」

「誰にでも、憎しみの感情はあります。でも、それを実行に移す人間と、そうでない人間の間には、境界があるんです」

「境界……」

「そうです。石井さんは、その境界を越えられる人ではありません」

「しかし、この手には、あのときの感触が……」

石井は自らの両手に目を向けた。

「それは、真実ですか？」

真琴が包み込むように、石井の手を握った。

その手は、少し冷たかった。だが、心の奥が、じんわりと熱をもっていくのを感じた。

「ぐっ……」

「自分で、そう思い込んでいるだけじゃないんですか？」

「思い込んでいるだけ……」

「八雲君も、そう言っていました」

「八雲氏が？」

「ええ。自分を責めるあまり、十年前に、由香里さんの背中を押したという幻想にとり憑《つ》かれているんだって……」

「で、でも……」

「過去の呪縛《じゅばく》を解くためには、事件と向き合うしかないんです。だから……立ち上がりましょう」

石井は、真琴に導かれるままに立ち上がった。

――逃げられない。いや、もう逃げるのは止めよう。

石井の胸に、覚悟にも似た想いが湧き上がってきた。

8

「どこに行くつもりだ？」

車を運転する後藤に、後部座席に座った松田が声をかけてきた。

逮捕から、一貫してふてぶてしい態度をとり続けてきた松田だが、さすがに困惑しているようだ。

「犯行現場の神社だよ」

後藤は短く答えた。

「神社？」

「ああ」

「何をするつもりだ？」

後藤は、その質問に対する答えをもっていなかった。

現場検証という名目で連れ出してはいるが、実際は八雲に頼まれたからだ。具体的なことは聞かされていない。だが――。

「事件を終わらせるんだ」

八雲は、そう言っていた。

今は、八雲のその言葉を信じるしかない。

「終わらせる？」

「ああ」

「事件は、もう終わってる。おれが、望月を殺したんだ。それ以上でも、それ以下でもない」

大きく見開かれた松田の目には、強い意志が宿っているようだった。

――ああ、この目だ。

後藤は、松田から感じていた違和感の正体を悟った。

松田は、強盗目的で望月を襲い、刺し殺したと証言していた。

だが、真っ直ぐな松田の目を見ていると、とても行き当たりばったりで、人を殺すような人物には思えなかった。

だから悩みもしたし、苛立《いらだ》ちもしたのだ。

「事件は、まだ終わっちゃいない」

「終わった」

「お前が、どう言おうが、おれが納得するまで、事件は終わらせねぇ」

「あんたも、しつこいな」

松田が、呆《あき》れたように車の低い天井を仰いだ。

「刑事にとっちゃ、しつこいってのは、褒め言葉なんだよ」

「刑事ねぇ……おれは、あんたが刑事には見えない」

「何に見えるんだ？」

「さあな。何だろうな……」

松田は言ったあとに、唇を噛《か》んだ。

それきり、松田は口を閉ざし、石像にでもなったように、じっとしていた。

後藤も、運転に集中した。

今は、あれこれ考えるのはよそう。もうすぐ、八雲が真相を導き出してくれるはずだ。

しばらくして、車は神社の石段の下に到着した。

ここからは、歩いて行くことになる。

後藤は運転席を降り、後部座席のドアを開け、松田に「出ろ」と声をかけた。

松田は、深いため息をついたあとに、後部座席を降りる。

「行くぞ」

後藤は、松田に石段を登るように促した。

松田は、一瞬だけ空を見上げ、太陽の光に、眩《まぶ》しそうに目を細めた。後藤には、それが何とも哀しげな表情に見えた。

後藤は、松田と一緒に石段を登って行く。

足取りが重かった。だが、この先に真実があると信じて、登り続ける。

「後藤さん。遅いです」

神社に辿《たど》り着いたところで、声が聞こえた。

目を向けると、八雲がいつわりの樹の前に立っていた。

いつもと変わらぬ寝ぼけ眼で、寝グセだらけの髪を、ガリガリとかいている。

「うるせぇ。こっちだって、いろいろと準備があんだよ」

「手際が悪いから、準備に時間がかかるんです」

「余計なお世話だ！」

「デカイ声を出さなくても、聞こえますよ」

八雲は、耳に指を突っ込み、うるさいとアピール。

毎度のことながら、腹の立つガキだ。

「誰だ？」

松田が、露骨に怪訝《けげん》な表情を浮かべた。

――どう説明するべきか？

後藤の迷いをよそに、八雲は真っ直ぐに歩いてきて、松田の前に立った。

「松田さんですよね。初めまして。ぼくは、斉藤八雲といいます」

八雲が、丁寧に挨拶《あいさつ》をする。

「お前も刑事か？」

松田が、困惑しながらも訊《たず》ねる。

それを受けた八雲は、無邪気な笑みを返す。

「いいえ。ぼくは刑事ではありません。ただの学生です」

八雲が、飄々《ひょうひょう》と口にした。

「が、学生？」

「そうです」

松田は、ますます困惑しているようだ。

「どういうことだ？」

松田が、説明を求めて後藤に目を向ける。

――参ったな。

言い訳を考えているうちに、石段を登ってくる人影が見えた。

石井と優子の二人だった。

松田は、優子を一瞥《いちべつ》すると、一気に表情を硬くした。

一方の優子は、こぼれそうなほど、目を大きく見開き、口に手を当てて驚愕《きょうがく》の表情を浮かべる。

「な、なぜ、あの人がここにいるんですか？」

優子が、石井に詰め寄る。

「あ、いえ、それは……その……」

石井はうまく説明ができず、オロオロしている。

「ぼくが、あなたたちを、この場所に集めたんです」

八雲が、よく通る声で言った。

「あの人は、利樹さんを殺した犯人ですよ」

優子は、怒りの矛先を八雲に向ける。

「知ってます」

八雲は冷静だった。

「じゃあ、なぜこんなことをするんです？」

「もちろん、事件を終わらせるためです」

「事件は、もう終わってる。今さら、何を言ってる」

松田が、会話に割って入《はい》った。

それを受けた八雲は、口角を吊り上げ、ニヤリと余裕の笑みを浮かべる。

「終わってはいません。それは、松田さんも分かっているでしょ」

「な、何？」

「今から、事件を終わらせるんです」

八雲はそう言うと、左眼に嵌《は》めてある、黒いコンタクトレンズを外して顔を上げた。

「め、眼が赤い……」

真っ赤に染まった左眼を向けられ、松田が震える声で言った。

驚いているのは、松田だけではない。優子も、声こそ出さなかったものの、口に手を当てて目を見開いている。

「騒ぐな」

後藤は、松田を一喝したあと、八雲に目を向けた。

こういう反応をされることに慣れているのか、あるいは、感情を押し殺しているのか、八雲は、いつもと変わらず無表情だった。

「ぼくのこの左眼は、赤いだけではありません」

淡々とした口調で八雲が語り出す。

「な、何？」

松田が、顔をしかめる。

「ぼくのこの左眼には、死者の魂、つまり幽霊が見えるんです」

「え？」

優子が驚きの声を上げた。

「バカバカしい。何が幽霊だ。ここで、除霊でもするつもりか？」

松田が、嘲笑《ちょうしょう》するように言う。

「少し、黙ってろ」

後藤は、松田を一喝する。

「どうやら、彼も来たようですね」

しばらくの沈黙のあと、八雲が視線をいつわりの樹に向けてから言った。

「彼？」

優子が首を捻《ひね》る。

「望月利樹さんですよ」

「え？　でも、彼は……」

「さっきも言いました。ぼくには、死者の魂が見えるんです」

「と、利樹さんが、本当にここに？」

優子が八雲にすがるように言う。

「ええ」

「どこ、利樹さん。どこにいるの?」

優子は、八雲の言葉を信じたらしく、声を上げながら、必死に視線を走らせ、亡き恋人の姿を探す。

見ていて、痛々しくなる。

「落ち着いてください」

たまりかねた石井が、優子をなだめている。

後藤は松田に目を向ける。彼は、眉間《みけん》に皺《しわ》を寄せ、難しい表情をしていた。

想定外の展開に、困惑しているのだろう。

「さて、これで全員揃いました」

八雲が、ゆっくりと全員を見回す。

「何をしようってんだ?」

松田が八雲を睨《にら》みつけた。八雲は、その程度で怯《ひる》む男ではない。無表情に松田を見据える。

「何度も言わせないで下さい。事件を、終わらせるんです」

「だから、終わっていると言ってるだろ」

「だったら、何も怯《おび》えることはありません。あなたは、そこで見ていてください」

「な、何だと?」

「聞こえませんでしたか？　そこで見ていてくれればいいと言ったんです」

二人の視線がぶつかり、火花が散ったようだった。

しばらくそうしていたが、先に視線を逸らしたのは、松田の方だった。

それを見て、八雲が満足そうに頷《うなず》いた。

9

「それで、どうやって終わらせるつもりだ？」

場が落ち着いたところで、後藤は八雲に訊ねた。

現段階では、この混沌《こんとん》とした状況から抜け出す糸口が、まるで見えない。

「まず、最初にはっきりさせなければならないことがあります」

八雲が、人差し指を立てた。

「何だ？」

後藤は、身を乗り出すようにして訊ねた。

「今回の事件で、誰の証言が正しくて、誰の証言が嘘だったのか……」

そう言って、八雲は人差し指を眉間に当てた。

おそらく、八雲はすでに事件の真相を看破している。

「誰が、嘘をついていたんです？」

石井が、興奮気味に口を挟んだ。

「嘘なんてついてねぇ。事件は、もう終わったんだ」

松田が、苛立《いらだ》たしげに地面を蹴《け》った。

その瞬間、八雲が松田を睨む。隣にいる後藤でも、ゾッとするほど怖い目をしていた。

「やはり、あなたから片付けた方がいいようですね」

八雲は、改めて松田と向き合う。

「何を言ってる?」

「そもそも、あなたが証言を変えるから、ややこしいことになったんです」

「証言なんて、変えてない」

松田が否定する。だが、なぜかその言葉に力がなかった。

「松田さんは、捕まったとき、優子さんに向かって、何と言いましたか?」

八雲が後藤に目を向ける。

後藤は、その答えをすぐに頭に思い浮かべることができた。

「裏切る気か……」

松田は、そう言ったのだ。

あの言葉は、優子と松田が共謀していたことを意味する。だが、そのあと、松田は単独犯だったと主張した。

その齟齬《そご》が、後藤を悩ませた問題の一つでもあった。

「違う。あれは、あの女に罪を着せようと思っただけだ」

松田が首を左右に振る。

「それは嘘です」

八雲が断言する。

「お前に何が分かる。適当なことを言うんじゃねぇ」

松田が、八雲に摑《つか》みかかろうとする。

後藤はすぐにそれを押さえ、八雲から引き剝《は》がした。

「騒ぐんじゃねぇ……八雲、どういうことだ？」

「松田さんの証言は、捕まったときのものが、正しいんです」

「違うって言ってるだろ！」

松田が、再び騒ぎ出した。

後藤は松田の足を払い、地面に押し倒した。

強引なやり方ではあるが、こうでもしないと、話が先に進まない。

「つまり、松田と優子が共謀して、望月を殺害したってことか」

「違います！　私がそんなことするはずないじゃありませんか！」

必死の形相で、叫んだのは優子だった。

押さえつけようとする石井を振り払い、後藤にすがりついてくる。

「どうして、私が愛する人を殺さなきゃならないんですか？　いい加減、信じて下さい！

「私は、何もやってません！」

ぼろぼろと涙を流す優子を見て、後藤の中に迷いが生じた。

優子が嘘をついているようには思えなかったからだ。

「おい、八雲……」

後藤は、八雲に目を向ける。

八雲は深いため息をついたあと、優子の肩に手を置いた。

「分かってます。あなたは、望月さんの殺害を依頼してはいない」

語りかけるように、八雲が言った。

正反対の言葉に、後藤は我が耳を疑った。

「どういうことだ？」

後藤は、八雲に詰め寄った。

さっき八雲は、松田と優子は共謀していたという意味のことを言った。だが、今は優子に逆のことを言っている。

「今は、彼女のことより、松田さんの殺害動機を明らかにする方が先です」

八雲は毅然《きぜん》とした態度で言うと、石井に目配せをした。

その意図を察した石井は、駆け寄ってきて、泣いている優子を連れて、少し離れた場所に移動する。

「松田さん。あなたが、望月さんを刺した理由は、そうするように頼まれたからですね」

「知らない」

松田は、立ち上がりながら言う。

握り締めた拳《こぶし》が、小刻みに震えていた。

「惚《とぼ》けてもダメです。あなたは、頼まれたんです。そして、承諾した」

「知らないって言ってるだろ！」

松田は声を荒げる。

「結局は、金目当てに、望月を殺したってことか？」

後藤は疑問をぶつけた。

「望月さん殺害の報酬は、お金ではありません」

八雲がきっぱりと言う。

「金じゃない？」

「ええ」

「じゃあ何だ？」

「娘さんの命です」

八雲の放った言葉に、後藤は強い衝撃を受けた。

それは松田も同じだったようで、唖然《あぜん》とした顔で八雲を見ている。

「む、娘を人質にしてたってことか？」

「正確には違いますが、まあ状況としては、似たようなものです」

「分かるように説明しろ」

後藤は、苛立ちとともに口にした。

松田の娘は、病院に入院している。人質に取れるような状況ではない。

「松田さんの娘さんは、白血病で入院しているんですよね」

「ああ」

「犯人は、松田さんにこう言って近づいたんです……私は、あなたの娘さんに適合するドナーである……と」

「なっ！」

後藤は、驚きとともに納得した。

つまり犯人は、骨髄移植を条件に、松田に望月殺害を依頼した。

八雲の言うように、それは娘を人質にとっているのと同じことだ。断れば、移植は行われず、娘は死ぬかもしれない。

「違う！　デタラメだ！」

松田が、身体をよじるようにして叫ぶ。

「あなたが否定するのは当然です。もし、依頼人が逮捕されるようなことになれば、移植は行われない。あなたは、娘さんのために、何があろうと、自分の単独犯だと主張しなければならなかった」

静かに言った八雲の言葉に、松田が顔を真っ青にした。

この反応だけで充分だ。

おそらく、八雲の言っていることは正しい。松田は、娘の骨髄移植を条件に、望月殺害を請け負ったのだ。だが――。

「逮捕されたとき、裏切る気か……って口走ったのはなぜだ？」

「そもそも、なぜ優子さんのいる前で、犯行が行われたと思いますか？」

「それは……」

「彼女が、目撃者となり、松田さんを捜査対象から外すためです」

――そういうことか。

優子が目撃者になり、適当な証言をすれば、松田を捜査対象から外すことができる。

「しかし、優子はこいつが犯人だって口にした……」

「そうです。裏切られたと思った松田さんは、とっさに『裏切る気か？』と口走ってしまった」

「だが、優子が共犯として逮捕されれば、移植は行われない。そこで、証言を覆し、自らの単独犯ということにしたんだな」

後藤が一息に言うと、八雲が頷《うなず》いた。

今まで謎だった、様々なことが腑《ふ》に落ちた。

「勝手なこと言ってんじゃねぇよ！」

松田が、顔を真っ赤にして叫んだ。

「騒ぐな！」

後藤は、睨《にら》みつけながら一喝したが、それでも松田は収まらなかった。

「あの女は、関係ない！　全部、おれ一人でやったんだ！」

「お前……」

「頼む……おれが、一人でやったことにしてくれ」

松田は、後藤の両肩を掴み、涙目になりながら懇願する。

「残念ですが、あなたが、いくらあがいても無駄です」

八雲が、ガリガリと寝グセだらけの髪をかきまわしながら言った。

「な、何？」

「娘さんの骨髄移植は行われません」

「ど、どういうことだ？」

「あなたは、騙《だま》されたんです。おそらく、彼女は適合者ではありません」

八雲の言葉を受けて、松田は目を丸くした。

やがて、ゆっくりと優子に目を向ける。彼女は、石井の傍らで、怯《おび》えたように身体を震わせていた。

「騙された……おれが？」

松田は、独り言のように言った。

「そうです」

「嘘だ。適合票を見たんだ。娘のドナーになれるはずだ」

「偽造した書類です」

八雲のひと言で、松田の表情が、一気に強張《こわば》った。

「じゃあ、娘はどうなる？」

その問いかけに、八雲は黙って視線を逸らした。

松田が、ガクリと膝《ひざ》を落とす。

両手で顔を覆い、泣いているようだった。

この男は、娘を守ろうとした。そのために、殺人まで犯した。決して赦《ゆる》されることではない。だが、その想いは分かる。

「松田……」

後藤が松田の肩に手をかける。

だが、松田はそれを強引に振り払って立ち上がる。

「よくも……騙してくれたな……」

松田は、唸《うな》るように言うと、殺意のこもった視線を優子に向けた。

――まずい。

後藤が思うのと同時に、松田は優子に飛びかかっていった。

「止めろ！」

後藤は、叫びながらすぐにあとを追う。

「ちょっと、落ち着いて下さい」

石井が、優子の盾になるように松田の前に立ちふさがる。

だが、すぐに松田に突き飛ばされてしまった。

「冗談じゃねぇぞ！　おれは、何のために！　絶対に許さない！」

松田が、優子の髪を摑《つか》んだ。

「いやっ！」

優子が悲鳴を上げながら、松田から逃れようともがく。

松田が、拳を振り上げる。

もはや言葉では止められない。後藤は、松田の脇腹を力任せに蹴《け》り上げた。

不意をつかれた松田は、優子から手を離し、横向きに倒れた。それでも、まだ立ち上がり、優子に襲いかかろうとする。

「逆恨みだ！　バカ野郎が！」

後藤は、松田の襟を摑み、再び地面に引き摺《ず》り倒した。

土埃《つちぼこり》にまみれながらも、松田は身体を起こして後藤を睨みつける。まるで、鬼のような形相だった。

「お前に何が分かる！　娘が死ぬんだぞ！　おれの娘が！」

松田は、涙を流しながら絶叫した。

確かに松田には、同情すべき点がある。だが、後藤は、それを許す気にはなれなかった。

「どんな理由があろうと、奪っていい命なんて、一つもねぇんだ！」

それが、後藤の刑事としての、いや人としての信念だ。

「そんなの、きれいごとだ！　自分の娘のためなら、親は何だってするんだよ！」

「だからって……」

「おれは、約束したんだ。娘と……絶対に助けてやるって……だから……」

松田は、地面に爪を立てた。

身を切るような痛みを、必死に堪《こら》えているのだろう。だが――。

「殺された側も、お前と同じ哀しみを背負うんだ」

後藤は、松田を見下ろしながら言った。

「他の奴なんて知ったことか。おれは、娘さえ助かれば、それでいいんだ」

「そんなだから、簡単に騙されんだよ！」

後藤は、松田の胸ぐらを掴み、強引に立たせる。

「おれは……」

「お前だって、もう分かってるだろ」

後藤は、さっきとは一転して、優しく語りかけるように言った。

松田は力なく肩を落として項垂《うなだ》れた。

娘を救いたい――その気持ちは分かる。だからといって、誰かの命を犠牲にしていいはずはないのだ。

松田も、そのことは分かっていたはずだ。だが、人間は弱い。だから、流されてしまう。

「松田さん。真実を話して下さい」

しばらく経ってから、八雲が歩み寄ってきた。

松田は、手でゴシゴシと涙を拭《ぬぐ》ったあと、ゆっくりと顔を上げた。

何かが吹っ切れたような顔をしていた。

「あの女に会ったのは、一週間前だった……」

松田が、優子に目を向ける。

「わ、私は知りません」

優子は、首を左右に振って否定した。だが、松田は構わず話を続ける。

「望月利樹って男を殺せば、娘の骨髄移植のドナーになってくれるって、話を持ちかけられたんだ」

「それで、あの日、神社に行ったんですね」

八雲が言う。

「ああ。あの女に指示された通り、あの樹の陰で待っていた」

松田が、いつわりの樹を指差した。

「嘘！　そんなの嘘よ！」

優子が、髪を振り乱して騒ぎだす。

石井がそれを、必死に押さえている。

「黙れ！　今さら逃げるつもりか？」

「知らないものは、知らないのよ」

「今は、松田さんの話を聞いているんです。少し、黙っていて下さい」

八雲が、二人の言い合いに割って入った。

真っ直ぐに向けられた赤い左眼に臆《おく》したのか、優子は表情を引き攣《つ》らせ、口を閉ざした。

落ち着いたところで、八雲が「そのあと、どうしたんです？」と先を促す。

「おれは、言われた通りに、あの女と一緒にいる望月にナイフを向けた」

「それで、刺したのか？」

後藤がたずねると、松田は首を左右に振った。

「あの女が、邪魔をしたんだ」

「邪魔？」

「自分で、殺せと頼んでおきながら、いざナイフを向けたら、妨害しようとした。望月って男にも抵抗され、おれは必死だった。もみ合いになって、気がついたときには、望月って男が、腹を押さえて倒れていた……」

そのときのことを思い出したのだろう。松田は、自らの両手に目を向け、ぶるぶると震えていた。

松田も、好んで人を刺したわけではない。

無我夢中だったのだろう。

「そのあと、どうしたんです？」

八雲が、目を細めながら先を促す。

「とにかく、必死に逃げた……あとで、女から連絡があるはずだったのに、音信不通だった」

「それで、現場に様子を見に行ったんですね」

八雲の言葉に、松田が頷《うなず》いた。

あとは、後藤も知っての通りだ。

「どうして……どうして、そんなデタラメを言うんですか？」

声を上げたのは、優子だった。

涙を浮かべたその目は、怒りに満ちているようだった。

「自分だけ逃げようってのか？　卑怯《ひきょう》な女だ」

松田が罵倒《ばとう》する。が、優子も負けてはいない。

「本当に知りません！　いい加減なことを言わないで！」

「落ち着け！」

後藤は、声を張り上げ、二人の言い合いを制した。

松田の口から、新たに語られた証言には、説得力があるし、筋も通っている。同時に、優子が嘘を言っているようにも思えなかった。

「どっちが正しい？」

後藤は、八雲に訊ねた。

八雲はガリガリと寝グセだらけの髪をかきながら、苦笑いを浮かべる。

「松田さんの証言に嘘はありません」

「じゃあ……」

「同時に、優子さんの証言も真実です」

八雲の言葉に、後藤は絶句した――。

10

「ど、どういうことですか？」

石井は、八雲の言葉に耳を疑った。

「言葉の通りです。松田さんも、優子さんも嘘はついていないんです」

混乱する石井に対して、八雲は落ち着いていた。だが――。

「そ、そんなはずはありません」

松田は、優子に殺害を依頼されたと証言している。だが、一方の優子は、松田を知らないと言う。

双方の意見は、相反するものだ。どちらも真実であるなどあり得ない。

「いいえ、成立します」

「あり得ません」

石井は、いつになく強い口調で言った。

どんな理論を用いようとも、この矛盾を解決する術はない。

「そうだ！　おかしいだろ！」

後藤も、賛同の声を上げながら八雲に詰め寄る。

だが、それでも八雲は動じない。赤い左眼が見つめているのは、おそらくは石井たちの知り得ない真実——。

「憑依《ひょうい》現象ですよ」

八雲が放った言葉が、石井の胸の奥を突いた。

「憑依……」

「つまり、優子さんには、姉である由香里さんの霊がとり憑《つ》いていたんです」

八雲が優子を指差した。

——ああ、そういうことか。

ようやく石井にも理解できた。もし、それが真実であったなら、それぞれの証言が異なる理由も頷ける。

「ど、どういうことだ？」

理解できないらしく、後藤が声を上げる。

「前にも、似たようなことがあったでしょ」

「土方の件か……」

「そうです。今回の事件では、由香里さんの魂が、優子さんを操っていたんです。つまり、二人はときどき入れ替わっていた」

八雲が、優子に目を向ける。

「お姉ちゃんが？」

優子は、驚きで目を丸くしている。

「そうです」

八雲が頷く。

時間が止まったように、しばらく誰も口を開かなかった。

「だが、本当にそうなのか？」

疑問を口にしたのは、後藤だった。

「それしか、考えられません」

八雲が冷静に答える。

「だが、由香里が死んだのは、十年も前のことだろ」

やがて後藤が、額に汗を浮かべながら言う。

「何年経とうと関係ありません。晴らされぬ想いがあれば、魂は彷徨《さまよ》い続けるんです」

石井は、背筋が凍りつくような気がした。

由香里が抱えていた憎しみ——それは、おそらく自らを殺した者に対して向けられている。

「私は……」

言いかけた石井の言葉を遮るように、八雲が説明を再開する。

「由香里さんは、強い憎しみを抱いていました。彼女は、誰かに背中を押され、石段から転落死したんです」

「ぐっ……」

優子が、いたたまれないという風に、強く奥歯を噛《か》んだ。

「その恨みを晴らすために、由香里さんは、妹の優子さんにとり憑いたんです」

「私に……お姉ちゃんが……」

優子は、目を丸くして、自分の胸に手を当てる。

「はい。優子さん。あなたは、由香里さんの魂と、ときどき入れ替わっていたんです」

「そんな……そんなはずはありません！　私は、私です！」

優子は、身を乗り出すようにして訴える。

「入れ替わっている間は、あなたは眠っているのと同じです。自覚症状はありません」

「そうか。最近、病院で奇行が目立っていうのは、それが原因か……」

後藤が、ポンと手を打った。

「おそらく」

八雲は、大きく頷いてみせる。

「で、では……松田さんに会っていたのは？」

石井は、額に浮かんだ汗を拭《ぬぐ》いながら訊《たず》ねた。

「見た目は優子さんです。しかし、その中身は由香里さんだったと思われます」

「な、何！」

後藤が、驚きで身体を仰《の》け反らせる。

「つ、つまり、望月の殺害を依頼したのは、優子さんではなく、憑依していた由香里さんの霊だった……」

石井は震える声で言った。

「その通りです。ですから、優子さんは松田さんのことを知らなかったんです」

八雲が、ニヤリと笑ってみせた。

確かに八雲の言う通りなら、二人の相反する証言は、同時に真実だったことになる。

だが、石井にはまだ分からないことがあった。

「なぜ、由香里さんは、望月を殺害しようとしたんですか？」

石井が訊ねると、八雲はゆっくりと石段の前まで移動し、下を覗《のぞ》き込んだ。

「由香里さんは、十年前、この石段から何者かに背中を押され、転落死したんです」

八雲の口調は、淡々としていた。

石井は、責められているような感覚に陥った。

その背中を押したのは、自分かもしれないのだ。

「私は……」

石井の言葉を遮るように、八雲が顔を上げた。

その赤い左眼が、なぜか哀しげだった。

「由香里さんは、自分を殺したのは、当時、恋人であった望月さんだと思っていました」

「しかし、あれは……」

——私だったかもしれない。

そう言おうと思ったのだが、八雲が首を左右に振った。

「由香里さんは、望月さんだと思っていたんです」

「違います！」

優子が、拳《こぶし》を固く握り、声を張り上げた。

「少し、黙っていて下さい」

八雲が、優子を一瞥《いちべつ》する。

その迫力に圧されたのか、優子は喉《のど》を鳴らして唾《つば》を飲み込み、口を閉ざした。

大きく息を吸い込んでから、八雲が説明を続ける。

「今は、事実がどうであったかは、関係ありません。由香里さんが、どう考えていたかが問題なんです」

八雲は、一呼吸置いてから、さらに続ける。

「由香里さんは、自分を殺した男が、妹と結婚しようとしていることを知った。彼女からすれば、到底許すことのできない話です。憎しみを募らせた由香里さんは、優子さんと入れ替わっている短い時間の中で、松田さんに近付き、望月さんの殺害を企てたんです」

説明を終えた八雲は、ガリガリと寝グセだらけの髪をかいた。

「おれは、幽霊に騙《だま》されてたっていうのか……」

松田が、啞然《あぜん》とした顔で言う。

「つまり今回の事件は、死んだ由香里が計画し、松田が実行した——そういうことだな」

話を締め括《くく》るように後藤が言った。

「それは、少し違います」

後藤の意見を、八雲が即座に否定した——。

「な、何が違うんですか？」

石井は、混乱しながらも八雲にたずねる。

八雲はゆっくりといつわりの樹の前に歩み寄る。

そっと樹の幹を掌《てのひら》でなぞり、枝を見上げる。

「お忘れですか。証言は、もう一つあるんです」

「もう一つ？」

後藤が、眉間《みけん》に皺《しわ》を寄せる。

石井も同じ思いだった。証言は、出揃ったはずだ。

「いったい、誰の証言ですか?」

石井は、おそるおそる八雲に訊ねる。

八雲は焦《じ》らすような間を置いたあと、ゆっくりと振り返った。

「被害者である、望月利樹さんです」

11

「そうか」

石井は、思わず声を上げた。

八雲は神社の社の、ある一点をじっと見つめている。石井には、社以外のものは見えない。だが、八雲の赤い左眼は違う。

おそらく、あの場所には、殺害された望月がいるのだろう。

八雲は、ゆっくりと社に歩み寄る。

「望月さんは、優子さんと一緒にこの神社にいるとき、松田さんに襲われました。そして、二人は揉《も》み合いになった……そうですね」

途中で足を止めた八雲は、振り返り、松田に目を向けた。

「そうだ」

松田は、すでに覚悟が決まっているのか、はっきりとした口調で答えた。

「松田さんは、そのとき望月さんをナイフで刺しました。これも、間違いないですね」

「ああ」

松田が答える。

「松田さん。そのとき、望月さんのどこを刺したのか、覚えていますか？」

八雲の質問に、松田は困ったように眉《まゆ》を顰《ひそ》めた。

「腹……だったと思う……」

さっきまでとは違い、頼りない答えだ。

「刺したのは、一回ですか？　それとも二回ですか？」

「うっ……」

「あなたは、無我夢中で、望月さんのどこを、何回刺したのか、覚えていなかったのではないですか？」

「どういうことだ？」

後藤が、すかさず八雲に詰め寄る。

「今、説明しますから、デカイ声を出さないで下さい」

八雲が、耳に指を突っ込み、うるさいとアピールする。

「教えて下さい。いったい、何があったんですか？」

石井も、黙っていられずに訊ねた。

これまでの話だと、松田は望月の胸を刺していない――ということになる。では、誰が望月の胸を刺したのか？

「石井さん。望月さんには、胸と腹の二ヵ所に刺し傷がありましたよね」

「はい」

「どちらが致命傷ですか？」

「胸です」

石井は、即座に答えた。

腹にも傷はあったが、浅いもので、直接の死因にはつながらない。

「つまり、松田さんが現場を立ち去ったとき、望月さんは、まだ生きていたんです」

「な、何！」

後藤が、またしても大声を上げる。

「だから、デカイ声を出さないで下さい」

「うるせぇ！　もったいぶらずに、さっさと言え！」

興奮した後藤は、八雲の胸ぐらを摑《つか》み上げる。

「ご、後藤刑事」

石井は、興奮する後藤をなだめるように、二人の間に割って入った。

八雲は、やれやれという風に、深いため息をついてから説明を始める。

「腹を刺された望月さんは、一時的に気を失いましたが、しばらくして目を覚ましました」

そこまで言って、八雲が優子に目を向ける。

優子は、まるで小動物のように、小刻みに震えていた。

「それから、どうなった？」

後藤が先を促す。

「望月さんが目を覚ましたとき、目の前にいたのは優子さんでした。彼は、彼女に助けを呼ぶように懇願しました。しかし、それは実行に移されることはありませんでした」

「由香里さんだったから……」

石井は、喉を詰まらせながらも口にした。

八雲が顎《あご》を引いてうなずく。

望月にしてみれば、優子だった。だが、その中身は、十年前に死んだ由香里の幽霊だったのだ。

「由香里さんは、松田さんが捨てていったナイフを手に取り……」

八雲が目を細めて口を閉ざした。

その先は言わなくても分かる。

望月の胸に、ナイフを突き立てたのだ——。

だから、傷は胸と腹の二カ所に及んだ。そして、ナイフに、優子の指紋が付着していたのだ。

「お、おれは……殺していないのか？」

松田が、自らの両手に目を向け、掠《かす》れた声で言った。

「私は……」

優子が、震える声で言った。

「あなたは、薄々感づいていたはずです。お姉さんの霊がとり憑《つ》いていたことに」

八雲が静かに言った。

「夢だと……思ってた……」

「夢？」

石井は、じっと優子を見つめた。

「利樹さんが刺された日……お姉ちゃんが、私の前に現れて言ったの……『彼を殺せ』って……だけど、そんなの全部夢だと思ってた……」

優子の目から、ぽろぽろと涙がこぼれ出した。

「夢ではありません」

八雲が断言する。

「え？」

「由香里さんは、今、別の女性にとり憑いています」

「別の……」

「そうです。今もまだ、強い憎しみを抱き、誰かを殺そうとしています」

「私は……」

「復讐《ふくしゅう》を遂げたはずの由香里さんは、今度は誰を殺そうとしているんでしょう？」

「知りません」

優子が強く首を左右に振る。

「本当に知らないんですか？」

「な、何のこと？」

「お姉さんを、石段から突き落としたのは――」

「止めて！」

「あなたでしょ」

「違う！」

優子の叫びが、八雲の声をかき消した。

「どうしても否定するのですね。では、本人に聞いてみましょう」

しばらくの沈黙のあと、八雲が言った。

――本人に聞く？

それは、いったいどういう意味だ？

石井の疑問に答えるように、いつわりの樹の陰から、一人の女が姿を現した――。

12

「ひぃぃ！」

いつわりの樹の陰から突然現れた女の姿を見て、石井は飛び上がって悲鳴を上げた。

その女は、ブレザーの学生服を着ていた。石井の通っていた学校のものだ。

髪を前に垂らし、顔をはっきりと見ることはできない。

だが、あれは——。

「小坂由香里さん……」

石井が口にすると、優子が驚愕《きょうがく》の表情を浮かべた。

「お前だ……お前を……殺してやる……」

女は、唸《うな》るような声で言いながら、ゾンビのような動きで優子に近づいていく。

「い、嫌……」

優子が、震える声を上げながら後退る。

女は、そんな優子を追いかけるように歩みを進める。

異様な状況にもかかわらず、八雲は、ただ黙ってその様子を見ている。

「お前だ……お前が、私を殺した……石段から、突き落として……殺した……」

女の悲痛な声が、神社に響く。

優子は、恐怖から腰が砕けたのか、その場に座り込んでしまった。

しゃくり上げながら、浅い呼吸を繰り返している。

――このままでは。

石井は、優子を助けようとしたが、あまりの怖さに足がすくんで動けない。

女の手が、優子の首に向かって伸びる。

「止めろ！」

叫んだのは後藤だった。

後藤は、女に向かって体当たりをする。

「きゃっ！」

悲鳴を上げて、女が倒れた。

この段階になって、石井も異変に気付いた。

実体の無い幽霊に、体当たりなどできるはずがないのだ。

「もう。痛いよ～」

女は、さっきまでとは一転して、澄んだ声を上げながら立ち上がり、かぶっていたカツラを外した。

石井は、その顔に見覚えがあった。

「は、晴香ちゃん！」

「な、何で晴香ちゃんが？」

突き飛ばした後藤も、驚いて声を上げる。

晴香は肘《ひじ》をさすりながら、八雲を睨《にら》み付ける。

「何で、事前に説明してないのよ」

「言い忘れた」

怒る晴香に対して、八雲はあくびをしながら答える。

どうやら、八雲が晴香を利用して、一芝居打ったということのようだ。

「もう。最悪」

「そう言うな。効果てき面だ」

文句を言う晴香に、八雲は笑ってみせる。

何が効果てき面なのか――石井が、ふと目を向けると、優子が地面に蹲《うずくま》るようにして唸っていた。

「何でよ！　何でなのよ！」

優子が、顔を上げて叫んだ。

目を見開き、歯を剝《む》き出しにしたその顔は、まるで鬼のようだった。

「だ、大丈夫ですか……」

近寄ろうとした石井だったが、優子は立ち上がり両手を振り回す。

「私が悪いんじゃない！　いけないのは、お姉ちゃんよ！」

優子は、もはや正気を失っているようだった。

「おい」

後藤が、腕を掴《つか》んだが、それを強引に振り払う。

「いっつもいい子ぶって、裏では私に暴力をふるって！　痛がってる私を見て、笑い転げて！　私が、どんな気持ちだったか分かる？」

――そうか、この人も。

石井は、胸の奥に刺さるような痛みを覚えた。

「優子さん……」

「私は、あなたが死んで、どれだけ幸せだったか分かる？　何で死んでまで邪魔するのよ！」

優子は、涙を流しながら絶叫した。

おそらく、優子は姉である由香里から、日常的にイジメを受けていたのだろう。

イジメている側からすれば、悪ふざけの延長なのかもしれない。だが、イジメられている側からすれば、それは拷問にも等しいのだ。

石井には分かる。それが、どれほど苦しい日々だったか――。

しかも相手は肉親だ。逃げることもできずに、延々と続く地獄だ。

「もう、大丈夫です。だから、落ち着いて下さい」

必死に呼びかけた石井だったが、それでも爆発した優子の感情は止まらなかった。

「もう一度、殺してやる！」

優子は、叫びながら晴香に襲いかかろうとする。

石井は必死に優子を押さえつけた。

「放して！」

優子が、身体を捩《よじ》って暴れる。それでも、石井は優子を放さなかった。

やがて、優子は脱力して膝《ひざ》から地面に崩れ落ちた。

「これは、どういうことだ？」

後藤が怪訝《けげん》な表情でたずねる。

「見たままです」

八雲は短く答える。

「それじゃ分からん」

「優子さんは、姉の由香里さんから、家庭内でイジメにあっていたんです。憎しみを溜《た》め込んだ優子さんは、十年前のあの日、神社の石段から由香里さんを突き落としたんです」

八雲は一息に言ったあと、長いため息をついた。

「な、何？」

「由香里さんは、自分を殺害したのは、望月さんだと思っていた。でも、優子さんにとり憑《つ》いて望月さんを殺した後、真実に気付いたんです。自分を殺害したのは、妹だった――と」

「なっ！」

「それで、今度は優子さんを殺そうと考えたんです」

「麻衣にとり憑いたのは、そういう理由だったのね」

晴香が八雲の説明を引き継ぐように言った。

「そうだ。優子さんを殺すためには、彼女以外の誰かの身体でなくてはならない。それで、偶々《たまたま》近くを通りかかった君の友だちにとり憑いたというわけだ」

説明を終えた八雲は、ゆっくりと優子の許《もと》に歩み寄る。

優子が涙に濡《ぬ》れた顔を上げた。

「本当は、後悔しているんでしょ。お姉さんのこと」

八雲の声は、とても温かく優しさに満ちているようだった。

「後悔なんて……」

「あなたは、お姉さんを、羨《うらや》ましいと思っていた。でも、同じように、お姉さんも、あなたに憧《あこが》れをもっていた」

「そんなの嘘よ！」

「嘘じゃありません。あなたたち姉妹は、最初から仲が悪かったんですか？」

八雲の問いかけに、優子は首を振った。

「本当に、優しいお姉ちゃんだったの……それなのに……」

「イジメが始まったのは、いつからですか？」

「よく、覚えていません……」

「由香里さんが亡くなる、一年くらい前からじゃないですか？」

八雲の言葉に、優子がはっと顔を上げる。

「……」

「お姉さんが、あなたをイジメるようになった原因は、望月さんです」

「なぜ、彼が……」

「由香里さんの家に遊びに行った望月さんは、あなたを見かけて恋をしたんです」

「そんな……私は……」

「由香里さんと、望月さんの間で、別れ話がもち上がったのは、それが原因だったんです」

「でも……」

「望月さんを奪われると感じた由香里さんは、あなたをイジメるようになりました。それだけでなく、彼を引き留めるために、ある計画を立てたんです」

「そうか。妊娠の話は、由香里さんの嘘だったんですね」

石井は合点がいって声を上げた。

学校内の噂と、封筒に入っていた現金などから、由香里が妊娠していたと思い込んでいたが、司法解剖では、そのことに触れられていなかった。

由香里は、望月を引き留めるために嘘を吐いた。だが、彼は現場に現れなかった。

だから、あれほどまでに激怒したのだ。

八雲は「そうです」と頷《うなず》いたあと、改めて優子に向き直る。

「由香里さんは、あなたのことを、本当に好きだった。でも、だからこそ、自分の恋人をあなたに奪われたくなかった。あなたには、絶対に敵《かな》わないという、引け目もあったんだと思います」

八雲が、優子の肩に手を置いた。

「お姉ちゃん……ごめんなさい……」

優子は絞り出すように言ったあと、再び突っ伏して泣き始めた。

本当に悲しい。姉妹で、もっと別の道があっただろうに、なぜ二人は、こうなってしまったのだろう。

石井は、ただ黙って見ていることしかできなかった。

「石井さん」

八雲が、石井に真っ直ぐな視線を向ける。

「は、はい」

石井は、強張《こわば》った表情でそれを受け止めた。

「次は、石井さんの番です」

「私の……」

石井は、固唾《かたず》を呑《の》んだ。

「そうです」

八雲の鋭い眼光が向けられる。

「私は何も……」

石井の言葉を遮るように、八雲が首を左右に振った。

「これで分かったでしょ。十年前、由香里さんの背中を押したのは、石井さんではありません」

八雲は、はっきりとした口調で言ったあと、柔らかい笑みを浮かべた。

確かに、さきほどの八雲の謎解きで、背中を押したのは優子であったことが明らかになった。

だが、それでも石井の中に、もやもやとした影がまとわりついている。

「本当に、そうでしょうか？　私のこの手には、彼女の背中を押した感触が残っている気がするんです……」

石井は自らの両手に目を向けた。

「錯覚です」

八雲が、決然と言う。

そう言われてしまえば、そうなのかもしれない。だが——。

「たとえ、実行に移したのが、私でなかったとしても、あの一瞬、彼女に殺意をもったのは事実です。だから、私も同罪なんです」

石井は、一息に言った。

全力疾走をしたあとのように、呼吸が乱れた。

そんな石井を見て、八雲は笑った。

「石井さんは、真面目過ぎるんです」

「私は……」

「憎しみを抱くことなら、誰にでもあります」

「しかし……」

「それに、今は違うんでしょ」

八雲が石井の肩に手を置いた。

その途端、張り詰めていたものが、ガラガラと音をたてて崩れ落ちていくような気がした。

「私は……望月利樹と小坂由香里が嫌いだった。憎くて仕方なかった。何で、こんな仕打ちをするのか……殺してやろうって、何度も思った……」

石井は、強く拳《こぶし》を握った。血が上り、顔が真っ赤になるのが、自分でも分かった。

「石井さん」

八雲が、掠《かす》れた声で言う。

「今でも二人のことが嫌いです！」

石井は、空を見上げて叫んだ。

辺りが静寂に包まれる。

どれほどそうしていたのだろう。気がつくと、目の前に望月が立っていた。

それが、目の錯覚なのか、実際に彼の魂がそこにいたのか分からなかった。だが、それでも石井は目の前の望月に、真っ直ぐに目を向けた。

不思議と恐怖を感じることはなかった。

「私は、メガネザルじゃない。刑事の石井雄太郎だ」

石井が宣言するように言うと、目の前の望月利樹の表情が歪《ゆが》んだ。

「偉そうに。お前は……」

「私は、刑事になって分かったんです！　憎しみは何も生み出さない！　だから！」

石井は、望月の言葉を遮るように言った。

目の前に立っていた望月利樹が、まるで風景に溶け込むように消えていった。

見えなくなる寸前、石井には少しだけ彼が笑ったように見えた。

13

――ようやく終わった。

後藤は、その実感とともに、ほっと息を吐いた。

「それじゃ、後始末はお願いします」

八雲は宣言するように言うと、さっさと石段を下りて行ってしまった。

「ちょ、ちょっと待ってよ」

晴香も、慌てた様子でそのあとを追いかけていく。

「まったく。勝手な野郎だ」

後藤は吐き出すように言ったが、内心では感謝していた。

八雲がいなければ、事件を解決に導くことはできなかっただろう。だが、安心はできない。

毎度のことだが、心霊現象を抜きにして、事件を処理しなければならない。考えただけで頭が痛い。

「刑事さん。おれは、許されるのか？」

松田が、後藤の思考を遮るように訊《たず》ねて来た。

それを発端に、後藤の中で一気に怒りが膨れ上がる。

「バカ野郎！　許されるわけねぇだろ！」

後藤の怒声に驚いたらしく、松田が息を呑んだ。

「結果死ななかっただけで、お前がやったことは、殺人未遂だ！」

望月を殺害したのは、松田ではなかったが、彼が越えてはいけない一線を越えようとしたのは確かだ。

娘のことには同情する。だが、どんな理由があろうと、それで人の命を奪っていいことにはならない。

「おれは……どうすれば良かったんだ……」

松田が、すがるような視線を後藤に向けて来た。

「そんなもん、自分で考えろ」

後藤が答えると、松田は苦笑いを浮かべた。

「冷たいんだな……」

「甘ったれるな。お前は、道を誤った。どんな言い訳を並べようと、それは許されるものじゃない」

「そうだな……」

松田は、自分の罪の重さをようやく痛感したのか、肩を落として俯《うつむ》いた。

「だが、誤った道なら、正せばいい」

後藤の言葉に、松田が顔を上げた。

「どうやって正す？」

「知らん」

「無責任だな」

「黙れ。だが、分からないなら、探せばいい。おれも、一緒に付き合ってやる」

後藤は、力強く言った。

慰めの類《たぐい》ではなく、それが後藤の本心だった。

犯人を捕まえて、それで事件は解決ではない。被害者が、そして加害者が背負った闇を拭《ぬぐ》い去ることができてこそ、初めて事件を終えることができる。

そういう意味では、一度起きてしまった事件は、永久に終わることはないのかもしれない。

それでも——。

「おれは……とんでもないことをしてしまった……」

松田は、地面に突っ伏し、声を上げて泣き始めた。

気付くのが遅いが、遅すぎるということはない。今からでも、やり直すことができる。

「立て」

後藤は、松田に手を差し出した。

松田が涙でぐちゃぐちゃになった顔を上げる。

「自分の足で歩け。娘のためにも」

松田は、両手でゴシゴシと涙を拭ってから立ち上がった。

「おれは、松田と先に帰る」

泣いている優子に付いている石井に言った。

「え、いや、しかし……」

「大丈夫だ。応援を呼んでおいてやる」

後藤は、そう言い残すと、松田を連れて歩き出した。

石段を下り、松田を覆面車輌《しゃりょう》の後部座席に乗せると、自分は運転席に座りエンジンをかけた。

車は走り出す。

松田は、放心したように窓の外を眺めていた。

なぜ、由香里がこの男に目をつけたのか、分かった気がした。

松田は、娘のためなら、自らの命を投げ出すほどの覚悟をもっていた。ある意味、純粋だったのだ。

それを分かっていたからこそ、弥生も松田を信じ続けたのだろう。

14

「ちょっと待ってよ」

神社の石段を下りたところで、晴香はようやく八雲に追いついた。

「モタモタするな」

八雲は、大きなあくびをしながら歩き続ける。

「どこに行くの？」

「最後の仕上げだ」

八雲は当然のように答えるが、晴香には分からない。

「最後の仕上げって何？」

「君は、とことん能天気だな」

酷い言われようだ。

「ちゃんと説明してくれないと、分からない」

晴香が抗議すると、八雲は深いため息をついた。

「だから能天気なんだ。君は、これで事件が解決したとでも思ってるのか？」

「ち、違うの？」

八雲の言う通り、神社のやり取りで、事件は解決したと思っていた。

「本来の目的は、幽霊に憑《つ》かれた、君の友人を救うことだったはずだ」

「あ！」

晴香は、思わず声を上げた。

八雲にバカにされても仕方ないと思う。当初の目的は、麻衣を救うことだった。そういう意味では、八雲の言うように、事件はまだ終わっていない。

「分かったら、さっさと行くぞ」

八雲は、不機嫌そうに言うと、足早に歩き出した。

晴香も、そのあとを追いかける。

「ねぇ、優子さんは、どうなるの？」

病院までの道すがら、晴香は八雲にたずねた。

八雲の解き明かした真相では、優子は十年前に死んだ由香里の霊にとり憑かれ、恋人である望月利樹を殺害してしまった。

だが、警察は、幽霊の存在など信じないだろう。

「おそらく、殺人の罪に問われることになる」

「そんな……」

晴香は落胆した。彼女は、恋人である望月を、殺したくて殺したわけじゃない。それなのに、罪に問われなければならない。

何とも、後味が悪い結末だ。

「冷たいようだが、彼女は十年前に、自分の姉を殺害した。そのツケが回ってきたんだ。今回の事件は、起こるべくして、起きたんだよ」

八雲は、淡々とした口調で言った。

「だけど……」

「どんな理由であれ、誰かの命を奪うということは、そういうことなんだ」

八雲の放ったひと言が、晴香の胸の奥深くに突き刺さった。

彼の言う通りだ。憎しみは連鎖し、新たな憎しみを生み出す。そうして、延々と同じことが繰り返される。

——石井さんは、憎しみを消すことができたのだろうか？

不意に、晴香の頭にその疑問が浮かんだ。八雲に訊ねてみようかと思ったが、止めておいた。

ここであれこれ推測することではない。

そこからは、言葉をかわすことなく、黙々と歩いた。

いろいろ考えてみたが、麻衣の病室に辿《たど》り着いても、晴香は頭の中を整理することができなかった。

「行くぞ」

ぼんやりしている晴香に、八雲が声をかけた。

「うん」

晴香は、大きく息を吸い込み、気持ちを切り替えた。

八雲は、唇を舐《な》めたあと、病室のドアを開けた。

麻衣は、ベッドに横になっていた。

窓が開いていて、カーテンが風に揺れている。

「麻衣」

晴香が声をかけると、麻衣がゆっくりと身体を起こした。

だが、その目を見て、すぐにそれが麻衣でないと分かった。あれは、由香里の目だ。

八雲が、麻衣の傍らに歩み寄る。

「小坂由香里さんですね」

「うぅぅ……」

唸《うな》るような声とともに、麻衣が八雲を睨《にら》む。

八雲の表情は変わらない。

晴香は、胸の前で祈るように手を握り合わせ、ただ見ていることしかできない。

「妹の優子さんが、十年前、あなたを殺害したことを自供しました」

八雲が語りかけるように言う。

それと同時に、麻衣の表情が変わった。目を見開き、驚いているようだ。

「ごろじだぁ……」

麻衣が、低い声で言いながら、八雲に向かって手を伸ばす。

「あなたが、どうしても、優子さんを殺したいのなら、彼女が出所するのを待たないといけません」

「ぎぃぃ」

麻衣が、歯軋《はぎし》りをする。

「憎しみは、何も生み出しません。これ以上は、もう止めましょう」

八雲が、麻衣の肩に手をかける。

だが、麻衣はそれをすぐに振り払い、憎しみに満ちた目を八雲に向ける。

「ごろずぅぅ……」

麻衣の呼吸が荒くなった。

八雲は、小さく首を左右に振った。

「優子さんは、あなたを殺してしまったことを、後悔しているそうです。ごめんなさい——

──そう言って泣き崩れていました」

麻衣が、怪訝《けげん》そうに眉間《みけん》に皺《しわ》を寄せる。

八雲は大きく息を吸い込んでから、言葉を続ける。

「あなたも、本当は後悔しているんでしょ。あなたは、妹の優子さんが好きだったんでしょ」

麻衣の顔が、苦しそうに歪《ゆが》んだ。

「でも、嫉妬《しっと》に囚《とら》われ、大切なものを見失ってしまった……」

「……」

「今回の一件は、あなたのその嫉妬が発端だったんです。それは、あなた自身が一番分かっているでしょ」

「ぐぅ……」

「あなたが、本当に許せなかったのは、自分自身ではないんですか？」

「私が、いけなかったの……」

麻衣が言った。

さっきまでの、獣のような唸りとは違い、はっきりと聞き取れるものだった。

「これ以上、憎しみを抱いても、誰も幸せにはなれません。もう、こんなことは、止めましょう」

八雲は、麻衣の顔を覗《のぞ》き込んだ。

「ごめんなさい……妹に……そう……つた……」

言葉を発しながら、麻衣はパタリと倒れた。

「麻衣」

晴香は、慌ててベッドに駆け寄る。

呼吸している。取り敢《あ》えずは大丈夫なようだ。

見ると、八雲は遠い目で窓の外を見ていた。

「どうなったの？」

晴香が訊ねると、八雲がふっと肩の力を抜いた。

「逝ったよ」

「そっか」

晴香も、窓の外に目を向けた。

空に浮かぶ雲が、ほんの一瞬だけ、人の顔に見えた。

「晴香……」

声がした。麻衣の声だ。

見ると、ベッドの上の麻衣が、眩《まぶ》しそうにしながらも目を開けていた。

「麻衣！」

晴香は、ほっと胸を撫《な》で下ろす。

いろいろとあったが、今度こそ本当に事件が終わった——。

終章

その後

EPİLOGUE

石井は、あの神社に足を運んだ。

聳《そび》え立つ、いつわりの樹に目を向ける。胸の奥には、まだもやがかかっているようだ。

「石井さん」

声をかけられ、振り返ると、そこには八雲の姿があった。

今日、この場所に石井を呼び出したのは、彼だった。

「ど、どうも」

「いい天気ですね」

八雲が、目を細めて澄み渡った空に目を向けた。

「あ、はい」

「事件の方は、どうなってます？」

八雲が言った。

おそらく、彼は事件のその後を知りたくて、石井を呼び出したのだろう。だが――。

「正直、難航してます」

優子も松田も素直に自供しているが、そのことが厄介だ。

心霊現象を除いて事件を説明しなければならない上に、十年前の事件までほじくり返すことになったのだ。

マスコミが嗅《か》ぎつけたら、捜査の怠慢だと騒ぎ立てるだろう。

「そうですか……」

八雲は、興味なさそうに言うと、ガリガリと寝グセだらけの髪をかいた。

それから、しばらく彼は何も話さなかった。

無表情にいつわりの樹を見上げている。

「あの……」

石井が、堪《たま》りかねて声をかけると、八雲が真っ直ぐな視線を向けて来た。

心底を見透かす、淀《よど》みのない目——。

「石井さん。望月さんから、イジメを受け始めたのは、いつからか覚えていますか?」

八雲の口から出たのは、あまりに想定外の質問だった。

「いえ、はっきりとは……」

惚《とぼ》けたわけではなく、本当に覚えていない。

気付いたときには、イジメが始まっていた。

「石井さん。学生時代に、漫画を描いていたそうですね」

「な、なぜそれを……」

八雲の言うように、石井は学生の頃、漫画を描いていた。将来は、プロになりたいと考えてもいた。結局、父に夢を握り潰《つぶ》され、諦《あきら》めてしまった。

問題は、なぜ八雲がそのことを知っているのか——ということだ。

「望月さんから、聞きました」

「え？」

「彼は、石井さんの描いた漫画を、見せて欲しかったみたいです。でも、断られてしまった。覚えていますか？」

「いえ……」

返事をした瞬間、封印していた記憶が、一気に蘇《よみがえ》って来た。

いつのことだったか、正確には覚えていない。放課後の教室。帰ろうとした石井を、望月が呼び止めた。

——お前、漫画描いてるんだって？

——あ、いや、別に……。

——見せろよ。

望月は、石井のカバンに手を伸ばした。

——嫌だ！

石井は、拒絶して逃げるように走り出した。

きっと自分の描いた漫画を、バカにされると思ったのだ。

あの頃の石井は、誰に対しても閉鎖的だった。自分の周りにいる人間は、全て自分をバカにしているように感じていた。

自信の無さから、そういう考え方しかできなくなっていたのだ。

「望月さんは、本当は石井さんと仲良くしたかったんです」

八雲がポツリと言った。

「そ、そんな……」

「だけど、拒絶されてしまった」

「私のせいだった……」

「それは違います」

八雲が、即座に否定した。

「でも……」

「拒絶されたからといって、イジメていい理由にはなりませんよ」

「……」

「哀しいですよね。本当は、分かり合えるかもしれないのに、ちょっとしたすれ違いで、傷つけ合ってしまう」

石井は、小さく頷《うなず》いた。

今までただの一度も、望月のことを理解しようとしたことなどなかった。

石井にとって望月は、憎しみの対象で、許せない相手になってしまっていたからだ。

「私が、彼を理解する努力をしていれば、イジメは起きなかったかもしれません」

「それはお互いに——です」

「そうでしょうか？」

「人間関係において、どちらか一方ってことはあり得ませんから……それに、理由もなくイジメを行う奴も、存在していますす」

「難しいですね」

石井は、呟《つぶや》くように言った。

「聞こえましたか？」

八雲が訊《たず》ねてきた。

「え？」

「望月さんが、石井さんに、ありがとうって……」

——ありがとう？

石井には、その意味が分からなかった。

「私は、礼を言われるようなことは何も……」

「たぶん、すまなかった——って意味だと思いますよ」

八雲が、涼やかな表情で言った。

だが、石井には、どちらの言葉も、違うように思う。本当は——。

「そろそろ行きましょう」

そう言って、八雲が歩き始めた。

「あ、はい」

返事をして、八雲のあとを追った石井だったが、石段の前で足を止めて振り返った。
青空の下、いつわりの樹が佇《たたず》んでいた——。

あとがき

『心霊探偵八雲　ANOTHER　FILES　いつわりの樹』を読んで頂き、本当にありがとうございます。

本作は、今から五年ほど前、舞台上演用にオリジナルストーリーの脚本として書いたものでした。

舞台で上演するということは、上演時間、場面転換など、数多くの制約を生み出すことでもありましたが、限られた中で表現するということで、八雲の新たな一面を発見することができました。

舞台上演の三年後、新聞連載というかたちで、書き直す機会を与えて頂き、嬉々《きき》として執筆に挑みました。

しかし、今度は文字数制限という壁に直面しました。

限られた文字数で表現する。それは、私にとって、脚本同様、大きな刺激になりました。

そして、本作を書籍化するにあたり、新聞連載された原稿をベースに、大幅な加筆修正をさせて頂きました。

今までのような制限は何もありません。

逆に、こうなると戸惑ってしまうこともありましたが、完全版といえる作品に仕上がったと考えています。


ちなみに、サブタイトルについている「ANOTHER　FILES」とは何ぞや——と思った方も多いでしょう。

簡単に言ってしまえば外伝です。

通常のナンバリングのシリーズは、八雲とその父親である、両眼の赤い男をメインとして進行する作品群です。

以前に書いたもう一つの外伝「SECRET　FILES」は、八雲が晴香に出会う以前を描いた作品。

そして、本作「ANOTHER　FILES」は、八雲が晴香に出会ったあとの時間軸で、ナンバリング作品の中で描かれなかった物語——といった位置付けです。

今後もナンバリングシリーズはもちろん、「SECRET　FILES」「ANOTHER　FILES」ともにどんどん書いて行こうと思っています。

ますます広がりをみせる「心霊探偵八雲」の世界を楽しんで頂けたら幸いです。

さて、この次はどんな物語が展開するのか？

待て！　しかして期待せよ！

平成二十五年　初夏

神　永　学

この作品は学芸通信社の配信により、大分合同新聞、南日本新聞、北國新聞、新潟日報、静岡新聞の各紙にて、二〇一一年四月〜二〇一二年四月の期間に掲載されたものを再構成し、加筆・修正したものです。

心《しん》霊《れい》探《たん》偵《てい》八《や》雲《くも》
ANOTHER FILES《アナザーファイル》
いつわりの樹《き》

神《かみ》永《なが》学《まなぶ》

角川文庫 18050

平成二十五年七月二十五日　初版発行

発行者―井上伸一郎
発行所―株式会社角川書店
東京都千代田区富士見二―十三―三
電話・編集（〇三）三二三八―八五五五
〒一〇二―八〇七八
発売元―株式会社KADOKAWA
東京都千代田区富士見二―十三―三
電話・営業（〇三）三二三八―八五二一
〒一〇二―八一七七
http://www.kadokawa.co.jp
印刷所―暁印刷　製本所―BBC
装幀者―杉浦康平

か 51-11　ISBN978-4-04-100911-6　C0193

角川文庫発刊に際して

角　川　源　義

第二次世界大戦の敗北は、軍事力の敗北であった以上に、私たちの若い文化力の敗退であった。私たちの文化が戦争に対して如何に無力であり、単なるあだ花に過ぎなかったかを、私たちは身を以て体験し痛感した。西洋近代文化の摂取にとって、明治以後八十年の歳月は決して短かすぎたとは言えない。にもかかわらず、近代文化の伝統を確立し、自由な批判と柔軟な良識に富む文化層として自らを形成することに私たちは失敗して来た。そしてこれは、各層への文化の普及滲透を任務とする出版人の責任でもあった。

一九四五年以来、私たちは再び振出しに戻り、第一歩から踏み出すことを余儀なくされた。これは大きな不幸ではあるが、反面、これまでの混沌・未熟・歪曲の中にあった我が国の文化に秩序と確たる基礎を齎らすためには絶好の機会でもある。角川書店は、このような祖国の文化的危機にあたり、微力をも顧みず再建の礎石たるべき抱負と決意とをもって出発したが、ここに創立以来の念願を果すべく角川文庫を発刊する。これまで刊行されたあらゆる全集叢書文庫類の長所と短所とを検討し、古今東西の不朽の典籍を、良心的編集のもとに、廉価に、そして書架にふさわしい美本として、多くのひとびとに提供しようとする。しかし私たちは徒らに百科全書的な知識のジレッタントを作ることを目的とせず、あくまで祖国の文化に秩序と再建への道を示し、この文庫を角川書店の栄ある事業として、今後永久に継続発展せしめ、学芸と教養との殿堂として大成せんことを期したい。多くの読書子の愛情ある忠言と支持とによって、この希望と抱負とを完遂せしめられんことを願う。

一九四九年五月三日

角川文庫ベストセラー

心霊探偵八雲1　赤い瞳は知っている　神永学

死者の魂を見ることができる不思議な能力を持つ大学生・斉藤八雲。ある日、学内で起こった幽霊騒動を調査することになるが……次々と起こる怪事件の謎に八雲が迫るハイスピード・スピリチュアル・ミステリ。

心霊探偵八雲2　魂をつなぐもの　神永学

恐ろしい幽霊体験をしたという友達から、相談を受けた晴香は、八雲のもとを再び訪れる。そんなとき、世間では不可解な連続少女誘拐殺人事件が発生。晴香も巻き込まれ、絶体絶命の危機に——⁉

心霊探偵八雲3　闇の先にある光　神永学

「飛び降り自殺を繰り返す女の霊を見た」という目撃者の依頼で調査に乗り出した八雲の前に八雲と同じく〝死者の魂が見える〟という怪しげな霊媒師が現れる。なんとその男の両目は真っ赤に染まっていた⁉

心霊探偵八雲4　守るべき想い　神永学

逃亡中の殺人犯が左手首だけを残し、骨まで燃え尽きた異常な状態で発見された。人間業とは思えないその状況を解明するため、再び八雲が立ち上がる！「人体自然発火現象」の真相とは？

心霊探偵八雲5　つながる想い　神永学

15年前に起きた一家惨殺事件。逃亡中だった容疑者が、突然姿を現した⁉　そして八雲、さらには捜査中の後藤刑事までもが行方不明に——。冬とともに八雲に最大の危機が訪れる。

角川文庫ベストセラー

心霊探偵八雲 SECRET FILES 絆　神永学

それはまだ、八雲が晴香と出会う前の話——クラスで浮いた存在の少年・八雲を心配して、八雲が住む寺にやってきた担任教師の明美は、そこで運命の出会いを果たすが!?　少年時代の八雲を描く番外編。

心霊探偵八雲6 失意の果てに (上)(下)　神永学

〝絶対的な悪意〟七瀬美雪が逮捕され、平穏が訪れたかに思えたのもつかの間、収監された美雪は、自ら呼び出した後藤と石井に告げる——私は、拘置所の中から斉藤一心を殺す……八雲と晴香に最大の悲劇が!?

心霊探偵八雲7 魂の行方　神永学

晴香のもとにかつての教え子から助けを求める電話が!?　一方、七瀬美雪を乗せた護送車が事故を起こし……事件を追い、八雲たちは、鬼が棲むという伝説が伝えられる信州鬼無里へ向かう。

怪盗探偵山猫　神永学

現代のねずみ小僧か、はたまた単なる盗人か!?　痕跡を残さず窃盗を繰り返し、悪事を暴く謎の人物、その名は〝山猫〟。神出鬼没の怪盗の活躍を爽快に描く、超絶サスペンス・エンタテインメント。

コンダクター　神永学

毎夜の悪夢、首なしの白骨、壊れ始める友情、怪事件を狂信的に追う刑事。音楽を奏でる若者たちの日常が、一見つながりのない複数の出来事が絡み合い崩壊の道をたどる……!?　驚異の劇場型サスペンス！